COBALT-SERIES

ブランデージの魔法の城

魔王子さまの嫁取りの話

橘香いくの

集英社

目次

ブランデージの魔法の城

ドナティアン
・シャルル
元王子さま。
傲慢で偏屈で人嫌いだが、今は
国中で最も力のある魔術師。
跡継ぎが欲しいため、魔法の力
でアドリエンヌをさらってきて
しまうが…？
アドリエンヌ
田舎の旅籠屋の娘。
六人兄弟の長女であるため、
かなりのしっかり者。真面
目で優しい女の子だけど、
「平凡」で「想像力がない」
のが密かな悩み。

ジョリィ
アドリエンヌと恋人のような関係だったが、ファニーに心変わりしてしまう。
ファニー
アドリエンヌの妹。奔放でわがままな反面、愛嬌があってみんなに愛されている。
ブラブデージの魔法の城
人物紹介

イラスト／石川沙絵

フランデージの魔法の城
魔王子さまの
嫁取りの話

プロローグ

その昔、ブランデージという国の辺境にある広大な森の奥深くに、たいそう傲慢《ごうまん》で偏屈《へんくつ》な王子が住んでいた。もとは王国の世継《よつ》ぎだったのだが、ある禁忌《きんき》にふれたために父王から疎《うと》まれ、都を追放されてしまったのである。

しかし、王子はもともと人嫌いで通っていたから、それを苦にすることはなかった。むしろ、これ幸いと人跡未踏《じんせきみとう》の地に自分の城をつくり、一人で勝手気ままに暮らすことにした。そんなことが可能だったのは、彼が国中で最も力のある魔術師でもあったからだ。

さて、辺境で暮らしはじめると、王子は昼も夜も魔術の研究に没頭《ぼっとう》し、それ以外のことは何一つかえりみなくなった。ところが、それから一年が過ぎたとき、彼はいつしか自分の生き方に疑念をもつようになっていた。こうして己《おのれ》一人がどれだけの知識を得、またどれだけの秘術を編みだしたとしても、受け継ぐ者がいなければ、すべてはむなしい。そう気づいたのである。

彼は権力にも名声にも興味はなかった。だが、人生のすべてを賭《か》けて得たものが、自身の死とともにただ失われていくという考えには耐えられなかった。

そこで彼は、息子をつくろう、と思い立った。そして、その息子に、城も知識も秘術の数々も、己のすべてを受け継がせようと。

しかし、いくら彼が優秀な魔術師でも、命をつくりだすことはできない。それは神の領域だ。彼にできるのはただ、死んだばかりの魂《たましい》を影としてこの世につなぎとめること、そして、土塊《つちくれ》からつくりだしたゴーレムを、ほんの束《つか》の間《ま》だけ使役《しえき》することくらいだった。彼が欲しいのは、自身と同等の能力をもつ、生身の後継者なのだ。となると――

「女がいるな」

当然、考えはそこに行き着く。女が必要だ。

「わたしの息子を産ませる、女が必要だ」

これまで誰も愛したことのない王子は、息子をつくるという試みもまた、いつもの魔法実験と同程度にしか考えなかった。女は彼にとって、欲しいものを得るための手段――道具でしかないのである。もっとも、だからといって、誰でもいいというわけではない。

「まずは、丈夫《じょうぶ》な女でなければな。しかし、馬鹿な女は論外だ。不器用でも困る」

傲慢な王子は、自らが優秀であることにはなんの疑いももってはいなかったから、同じように優秀な息子を得るためには、なにより母親の資質が重要である、と考えた。

この思いつきを実行に移すにあたって、彼にはうってつけの相談役がいた。望む答えをすべて水面に映して見せてくれるという、魔法の水盤である。

彼はさっそく自室を出て、中庭に向かった。それは真夜中のことで、あたりには晩秋の静かな気配がただよっていた。大理石の水盤は月明かりに照らされ、青白い燐光《りんこう》を放っている。彼はその傍《かたわ》らに立つと、ぱちりと指を鳴らした。

「水盤よ。わたしの息子を産むのに、もっとも適した女を映しだせ」

すると、ふれてもいないのに水面がゆらめき、きらきらと輝きだした。やがて、そこに映しだされたのは、麦わら色の髪をおさげにした、田舎娘《いなかむすめ》の姿だった。年は十七か八くらい。眠っているので瞳の色はわからないが、頬《ほお》は薔薇《ばら》色で、まちがいなく健康そうである。

しかし、王子は娘をちらりと見ただけで、たいした興味は示さなかった。注文通りの息子さえ産んでくれるなら、その母親がどんな容姿でどんな性格をしていようと、どうでもよかったのだ。仮に、このとき水面に映しだされたのが犬や猫であったとしても、やはり彼は気にしなかっただろう。そして彼は、さっそくその娘と結ばれることに決めた。

「ゲルガラン」

使い魔の名を呼ぶと、どこからか一羽のカラスが飛んできて、彼の肩にとまった。漆黒《しっこく》の羽と金色に光る双眸《そうぼう》をもつこの鳥は、すでに人の倍も生きている、知恵のある魔物である。

「ゲルガラン。国中を飛んで、この娘をさがしだせ」

カラスは興味深そうに水面をのぞきこみ、主人にむかって一声、カアと鳴いた。

たいていの者には、ただの鳴き声にしか聞こえないだろう。しかし、王子はちゃんとカラスの言葉を聞きとり、馬鹿馬鹿しそうに鼻を鳴らした。

「ふん、恋などくだらぬ。時間の無駄《むだ》だ」

王子は手にもつ杖で、足もとをトンと打ち鳴らした。すると、敷石がぼこぼことちあがり、そこからたくさんの小鬼たちが顔をだした。彼らは地中に棲《す》む妖魔《ようま》族だった。ある契約により、王子の手足となって働いているのだ。

「そなたたちもだ。ゲルガランといっしょに、この娘をわたしのもとに連れて来い」

王子は、ただそう命じるだけでよかった。彼らはこれから国中に散らばり、必ず娘を連れてきてくれるはずだからだ。

アドリエンヌは今年で十七になる。子供のときから近所でも評判のしっかり者で、これまで一度だって寝坊なんかしたことがない。いつも夜は決まった時間に床につき、朝は日の出とともに目を覚ます習慣がついていた。というのも、彼女は六人もいる兄弟姉妹の最年長だったからだ。

両親は街道筋の村で小さな旅籠屋《はたごや》を営《いとな》んでいた。忙しい時期には宿泊客の世話で手一杯、弟妹たちの面倒を見るのは、いつもアドリエンヌの役目だった。ことにイタズラ盛りの男の子が四人もいると、家の中の秩序《ちつじょ》を保つのは容易ではない。朝は一番に起きてみんなを起こし、それぞれちゃんと着替えをさせ、食事の間中、お行儀《ぎょうぎ》よくしているよう監督《かんとく》するのが、彼女の日課なのである。

ところが、その朝は、なんだかいつもと勝手がちがっていた。アドリエンヌが目をあけたとき、あたりは夕方のように薄暗かった。おまけに、そばには背の高い黒衣《こくい》の男が立っていて、じっとこちらを見下ろしている。

ああ、夢を見ているんだわ、とアドリエンヌは思った。なぜなら、彼女が横たわっている場所は自分の家ではないし、男の顔にも見覚えがなかったからだ。

どうやらそこは、大きな建物の中のようだった。いくつもの円柱がアーチ型の天井を支える壮麗《そうれい》な広間の中央に、彼女はいるのだった。

男は若く、しかも美しかった。顔立ちは端正で上品だし、つややかな長い黒髪に、底なし沼のような深い緑の瞳をしている。首から下は黒い長衣とマントにおおわれていて、闇にひそむ妖《あや》しい魔物のようにも見えた。

そのとき、頭上で鳥の羽ばたきが聞こえた。天井近くを旋回《せんかい》していたカラスが降りてきて、男の肩にとまった。そして、金色に光る目でアドリエンヌの顔を見つめると、まるで主人の耳にささやくように首を動かした。そのしぐさは、おかしいくらい人間じみている。

アドリエンヌは、この不可思議な夢に魅《み》せられた。自分に想像力がないのはわかっていたし、それが密かなコンプレックスでもあったのだが、今夜のわたしは冴えてるわ、と思った。

「目を覚ましたな、女」

黒衣の男は、静かな声で話しかけてきた。

「あら、まだ起きてなんかいないわ。わたし、こんなに素敵な夢を見たのは初めてよ」

にこにこしてこたえると、男は片眉《かたまゆ》をつりあげた。

「――夢？」

「だって、わたしは自分のベッドに寝ていたんだもの。だけど、ここは知らない場所だし、あなたも知らない人だわ」

「夢ではない。わたしが小鬼どもに命じて、そなたを連れてこさせた」

「夢じゃない？」

アドリエンヌは声をあげて笑った。

「嘘よ。だってほら、ほっぺたをつねっても、ぜんぜん――」

――痛かった。もう片方の頰《ほお》でも試してみる。やはり痛い。

アドリエンヌは愕然《がくぜん》とし、自分が寝そべっていた床を両手で叩いた。硬い感触、それに、ひんやりとした冷たさが手のひらに伝わってくる。夢とは思えない現実感だ。

……嘘《うそ》でしょ？

「なにをしている？」

「これって、夢じゃないの？　だったら、どうしてわたしは、ここにいるの？」

「わたしの息子を産むためだ」

「は？」

「息子の地位が保障されるよう、そなたとは正式な結婚をする。だが、面倒な儀式はなしだ。異存はあるまいな？」

アドリエンヌは混乱した。自分が馬鹿だと思ったことは一度もないが、相手がなにを言っているのか、さっぱりわからない。

「待って。あなた今、わたしと結婚するって言ったの？　あなたが――」

　言いながら相手を指差し、

「――わたしと？」

　次には、自分を指差して言った。すると男は、わずらわしそうに舌打ちをした。

「のみこみの悪い女だな。そなたはわたしの息子を産むのだ。そのための結婚だ」

　アドリエンヌは、あんぐりと口をあけた。

　この人、ちょっとおかしいのかしら？

「そんなこと、誰が決めたの？」

「水盤がそなたを選び、わたしが決めた」

「それって、なんの冗談？　わかったわ！　誰かにたのまれて、わたしをかつごうとしてるんでしょ？」

　そうだ、それに違いない、とアドリエンヌは決めつけた。それなら、納得がいく。こんな手のこんだ悪ふざけを考えつきそうなのは、もちろん妹のファニーだ。

「これを仕組んだのはファニーなの？　あなた、あの娘の知り合いかなにか？」

「なんだと？」

　アドリエンヌは、不愉快《ふゆかい》そうにつんと顎《あご》をしゃくった。

「みんなが陰でわたしのこと、なんて言ってるか知ってるわ。ええ、頭が固いのは自分でも認めるけど、そういう性格なんだもの、仕方がないでしょ？　わたしはファニーとちがって、こういう冗談は楽しめないの。人をからかうのは、もうこのくらいにしておいてもらえないかしら？」

男は眉《まゆ》をひそめ、肩の上のカラスに視線を送った。

「ゲルガラン、この女はなにを言っているのだ？」

するとカラスは一声鳴き、男は冷笑するように口もとを歪《ゆが》めた。

「さて、それはどうだかな」

その様子を見て、アドリエンヌは困惑した。

「あなた、カラスとおしゃべりしてるの？」

「ゲルガランはそなたよりも賢いぞ」

この人、やっぱりおかしいわ。あんまり刺激しないほうがいいかも……

アドリエンヌはそうっと立ち上がり、小腰をかがめたまま、じりじりと後ずさった。

「あの、わたし、そろそろ帰らせていただきます、ええ」

「待て」

くるっときびすを返したとき、背後で指を鳴らす音がした。とたん、アドリエンヌは何者かに足首をつかまれ、床の上にひっくり返った。

「いたっ！　なにするのよ!?」

身を起こして犯人をさがしたが、そばには誰もいない。

そんな馬鹿な――

「わたしはまだ退出を許しておらぬ。勝手なまねをするからだ」

男はこともなげに言った。たちまち、アドリエンヌの顔に驚愕《きょうがく》の色が広がった。

「あなた――魔法をつかえるのね!?」

「当然だろう」

この世に魔術師がいるということ、アドリエンヌも話には聞いていたが、実際に会ったのは初めてだった。

「あなた、いったい何者なの？」

「わたしはドナティアン・シャルルだ」

アドリエンヌは、あっと口をあけた。その名には聞き覚えがあった。

「王様の勘当《かんどう》息子！」

「なに？」

アドリエンヌは、あわてて自分の口をふさいだ。

「いえあの、なんでも……」

そして、即座に悟った。自分は素行不良で都を追放された、悪名高い王子にさらわれたのだ。道理で、物言いがやたら偉そうで高圧的なわけである。

「得心《とくしん》したら、しばらく下がっておれ。好きな部屋を自分のものにしてかまわぬ。夜までに準備をすませておくように」

「じゅ、準備って？」

「決まっておろう。息子をつくる準備だ」

アドリエンヌは仰天《ぎょうてん》した。

「わたし、あなたと結婚するなんて言ってません！」

「そなたの意思など訊《き》いてはおらぬ。ただ、わたしの命《めい》に従えばいいのだ」

王子は冷たく言い放つ。だが、それで納得できるはずはなかった。

「どうしてわたしなのかわからないわ！　だいたい、今日が初対面なのに！」

「そなたが適任なのだ」

「嘘《うそ》よ！　わたしよりきれいな人は、ほかにたくさんいるわ」

「きれい？」

わざとらしく繰り返されて、アドリエンヌは赤くなった。自分を美人だと思ったことなど、一度もないからだ。

「それに、身分が高くて優雅な貴婦人よ。そんな人のほうが、あなたにふさわしいと思うんです」

　すると、王子は馬鹿馬鹿しそうに鼻を鳴らした。

「美しさだの身分だの、そんなものは子を産む能力に関係あるまい」

「わたしにはあなたの子供が産めるって、どうしてわかるんですか？」

「水盤がそうこたえたのだ」

「水盤？」

「得たい答えをみな水面に映して見せてくれる。水盤が嘘をついたことは一度もない」

「信じられないわ」

「そなたがどう思おうと、そんなことはどうでもいい。肝心《かんじん》なのは城の跡継ぎを得ることで、その方法や過程など瑣末《さまつ》なことだ。わたしにとっては魔法実験となんら変わらぬが、一つだけ厄介《やっかい》なのは、そなたの協力がなければ成し遂《と》げられぬという点だ。一人でできるものなら、とうにやっている」

　それで、やっとアドリエンヌにも話がわかりかけてきた。思わず、皮肉な顔つきになる。

「確認させて。つまりあなたは、跡取り息子が欲しいだけで、花嫁が欲しいわけじゃないってことね？」

「ようやく理解したようだな」

　ぬけぬけとした返答に、顔をひっぱたいてやりたくなった。要するにこの男は、女を道具だとしか思っていないのだ。そして、誘拐《ゆうかい》だろうが結婚の強要だろうが、なにをしても許されると思っている。いくら王子だからといって、そしていくら……いくらちょっと……かなり美男子だからといって、こんな横暴が許されるわけがない。こんな男を一瞬でも魅力的だと思った自分が恥ずかしかった。

そうよ。人の外見に惹《ひ》かれるなんて、恥ずべきことだわ。妹や弟たちにも、いつもそう言い聞かせているのに。

アドリエンヌは雄々《おお》しく立ち上がり、正義のために宣言した。

「わたし、理不尽《りふじん》な命令には従えません！　帰らせていただきます！」

そして憤然《ふんぜん》と歩きだしたが、王子がまた指を鳴らすと、アドリエンヌの体はふわりと宙に浮きあがった。

「きゃあっ！　なにするの!?　やめて！」

「小賢《こざか》しい女め。部屋に下がって、少し頭を冷やすがよい」

アドリエンヌは必死でもがいた。だが、いくつもの見えない手に捕まえられているようで、身動きができない。そして彼女は、なすすべもなく城の奥に連れて行かれた。王子はその姿を見送り、不満そうに言った。

「馬鹿とまでは言わぬが、あの女の理解力にはいささか問題があるようだな」

すると、使い魔のカラスが鳴いてこたえた。

「うむ。だが、水盤は嘘をつくまい。これまでもそうだった」

ドナティアン・シャルルは魔法の水盤を信用していた。だから、あの物分かりの悪い娘が息子の母親として不適格かもしれないなどという疑念は、捨てることにした。

「さて、ともかくも女は調達した。息子が生まれたら、まず名をつけねばな。アルセストというのはどうだ？　フロリアンは？」

すると、カラスは鳴いて問いかけた。

「あの女の名？　さあ、知らぬ。訊かなかった」

王子は、どうでもよさそうに肩をすくめた。

「この城に女はあれしかおらぬのだ。べつに知る必要もあるまい」

アドリエンヌは、問答無《もんどうむ》用《よう》で塔《とう》の一室に放りこまれた。そこは灰色の石壁に囲まれた、なんとも殺風景《さっぷうけい》な部屋だった。造りつけの暖炉《だんろ》以外、調度《ちょうど》は何一つ置かれていないし、壁掛けや絨《じゅう》毯《たん》もないから、足元からしんしんと冷えこんでくる。窓は、天井近くに採光用の小さなものが一つあるきりで、外の様子を知ることもできなかった。

まるで牢獄《ろうごく》ね。アドリエンヌは苦々しい気分になった。薄暗くて陰気で寒々しくて——おまけに、気のせいだろうか？　誰かに見られている気がして、落ち着かなかった。うなじの毛が逆立つような感覚が、先刻からずっとつづいている。

「いやだ。本当に寒気がしてきたわ……」

ぶるっと身をふるわせたとき、不思議なことが起きた。暖炉の中でぼっ！　と音がして、ひとりでに火が燃え上がったのだ。

アドリエンヌはびっくりして、あたりを見まわした。しかし、誰もいない。

どういうこと？

今のは、どう考えても、自分の声に反応したとしか思えなかった。どこかに親切な妖精でも隠れているのだろうか？　まさか！

だが、この城の主は魔術師なのだ。ほかになにが出てきても、おかしくはない。

そこで、試してみることにした。アドリエンヌはコホンと一つ咳払《せきばら》いをすると、大きな声でわざとらしくぼやいた。

「あー、疲れた。だけど、こんなところじゃ横にもなれないし。困ったわ」

そして、何一つ見逃すまいと、左右に目を走らせた。しかし、あたりは相変わらず、しんと静まりかえったままだ。

なーんだ、と、あきらめかけたとき——いきなり、部屋の扉がばたん！　とひらいた。反射的にふりかえると、赤い絹張《きぬば》りの長椅子《ながいす》が宙に浮かんだまま、戸口からすうっと入ってきた。

そして、さあどうぞと言わんばかりに、目の前に着地した。

アドリエンヌは、呆然《ぼうぜん》として立ちすくんだ。

「これって……これも魔法なの？　信じられない……」

もちろん、彼女にそんな力はない。しかしここでは、口に出して望めば、なんでも調達してもらえるらしい。ドナティアン・シャルルの魔力は城中におよんでいて、本人がいないところでも作動するということなのだろうか。

なんだか、まだ夢を見ているような気がした。これまで、ただひたすらに地味で堅実な人生を歩んできた自分が、よもやこんな突拍子もない事態に出くわすなんて。

ああ、もう。アドリエンヌは頭をかかえた。いくらなんでも、こんなのわたしには荷が重すぎるわ。もっとも……

そのときふと、皮肉な考えが頭をよぎった。

これがファニーだったら、きっと面白がって大喜びするんでしょうけど。

アドリエンヌは、ますます暗い気分になった。近ごろの自分は、なにかあるたびにすぐ妹と性格を比べてしまう。この夏、幼なじみのジョリィにふられたことが原因だ。

ジョリィは近所に住む鍛冶屋《かじや》の息子だった。アドリエンヌとは昔から仲のよい友達で、なんとなく恋人同士のような関係でもあった。結婚の約束をしたのは子供のころのことだが、互いに気心も知れているし、働き者で真面目《まじめ》な性格もよく似ているから、きっと将来は一緒《いっしょ》になって家庭を築くことになるだろうと、当人たちをふくめた誰もがそう思っていたのである。ところが、二つ年下の妹が愛らしく成長するや、ジョリィはたちまち彼女に心を移した。

——きみのことも好きだけど、でもファニーといると、とっても楽しいんだよ。

ジョリィは申し訳なさそうに言ったものだ。

アドリエンヌにも彼の気持ちはわかった。六人いる兄弟姉妹のうち、最年長の自分と三番目のファニーだけが女の子なのだが、性格は水と油のようにちがっていた。奔放《ほんぽう》でわがままな妹は、いつだって両親の頭痛の種だった。しかし、その一方で、いちばん愛されてもいた。なにしろ明るくて愛嬌《あいきよう》があるし、想像力にも富《と》んでいて、人を愉快な気持ちにさせる天賦《てんぷ》の才能をもっていたからだ。それに比べて自分はといえば、真面目《まじめ》なだけが取り柄《え》で、なんの面白みもない。みんなから頼りにはされても、ずっと一緒《いっしょ》にいたいと思えるような、なにかが欠けているのだろう。

――姉さんって、カチコチ頭の女教師か、行き遅れの小姑《こじゅうと》みたい。楽しいことはなんだって避けてとおるし、人の楽しみにもケチをつけなきゃ気がすまないのよね。

ファニーは以前、そう言ってアドリエンヌに反発したことがある。村祭りの夜、両親に嘘をついて外泊した妹を、代わりに叱《しか》ったときのことだ。いつも口うるさい姉にたいする仕返しのつもりだったのなら、それは立派に成功した。アドリエンヌは傷ついたし、今でもまだその言葉を忘れられずにいるからだ。

でも、わたしだって、昔からこうだったわけじゃないわ。アドリエンヌは心の中でつぶやいた。毎日、弟妹たちの面倒を見ていると、どうしても自分が手本にならなければならないから、羽目をはずすことなんかできなくなる。そして、真面目できちんとした娘という世間の評判が定着するにつれ、いつしか、それ以外の自分をさらけだすことに罪悪感をおぼえるようになってしまったのだ。

たとえば、ファニーが家の仕事をほうりだして遊びに行ったとしても、両親はしょうがないと許してくれる。だが、アドリエンヌが同じことをすると、二人はあからさまに失望の表情をうかべて、こう言うのである。

――おまえがこんなことをするとは思わなかったよ。もっと分別《ふんべつ》のある娘だと信じていたのに。

アドリエンヌは、ため息をついた。

分別があるって、損だ。人が好き放題にふるまっていても、自分だけはそれが許されない。あの人だって、そうだわ。アドリエンヌは、ドナティアン・シャルルのことを考えた。わたしより二つか三つは年上のはずなのに、とんでもない暴君で、背だけ伸びた子供みたい。身分が高いから、誰も注意してくれる人がいなかったのね、きっと。

世継《よつ》ぎの王子が都を追放されたという噂《うわさ》は、アドリエンヌの住む田舎《いなか》の村にも届いていた。彼が魔法使いであることはすでに知れわたっていたから、その理由については、当時さまざまな噂がささやかれたものだ。処刑された罪人の死体をよみがえらせたのだという者もいたし、力を得るために悪魔と取引をしたのだという者もいた。

当の本人と言葉をかわした今、アドリエンヌは、王子がそれほど禍々《まがまが》しい人物だとは思わない。だが、国王の宮廷でもあの調子で威張《いば》り散らしていたのだとすると、嫌われたって当然だという気がする。だいたい、いきなり人をさらってきて、息子を産めだなんて、非常識にもほどがある。彼はアドリエンヌと結婚すると言ったが、それも便宜《べんぎ》上のことだとしか考えていないようだった。

まったく。冗談じゃないわ！　アドリエンヌは、あらためて王子の仕打ちに憤慨《ふんがい》した。いくらジョリィにふられたからって、わたしにだってまだ夢は残っているんですからね！

だが、聞く耳をもたない相手に、どうこう言っても仕方がない。とにかく今は、なんとかしてここから逃げなければ。

幸い、部屋に鍵《かぎ》や閂《かんぬき》はかかっていなかった。そこで、扉をあけて隙間《すきま》から外をのぞいてみたが、見張りの姿もないようだ。そもそもアドリエンヌは、この城で王子以外の人間をまだ一人も目にしていなかった。魔法がすべて用をすませてくれるので、人を雇う必要がないのかもしれない。

アドリエンヌは思いきって部屋をぬけだし、しのび足で塔《とう》の階段を下りていった。意外なことに、今度は彼女を止める魔法は働かなかった。捕まって連れもどされることもなかった。そして、やはり門衛のいない出口からまんまと建物の外に逃げ出したが、あいにく、うまくいったのはそこまでだった。その先には、またまた高い外城壁がぐるりと周囲をとりまいていて、しかも今度は、そこから出るための城門がどこにも見当たらないのである。

アドリエンヌはいぶかりながら、壁に沿って城のまわりを歩いてみた。しかし、二周しても三周しても、同じことだった。たらいの中に放りこまれた小動物のようなものだ。ここにきてようやく、彼女にも、自分がなぜ城の中を自由に歩きまわれたのかがわかった。どう逆立ちしたって、逃げられないようになっているのだ。ドナティアン・シャルルは、魔法で城の出入り口を隠してしまったのだろう。

アドリエンヌは落胆し、目の前にそそり立つ壁を見上げた。

「この壁さえ登れたら……でも、いくらなんでも無理よね」

するとそのとき、城の魔法が反応した。見えない何者かに抱えられる感覚があって、ふわりと体が宙に浮いた。そして次には、空にむかってぐんぐん上昇しはじめた。

アドリエンヌは真《ま》っ青《さお》になって、悲鳴をあげた。

2

自分の書斎にもどると、ドナティアン・シャルルはアドリエンヌのことなどあっさり忘れてしまった。どうせ、夜まで彼女に用はないし、この城では、望めばなんでも手に入るのだから、わざわざ自分が気にかけてやる必要はないと思っていたのだ。

ところが、やがて正午を過ぎようかというころ、彼のもとに使い魔のカラスが飛んできた。

「女がいない？」

それは思いがけない報告だった。

「馬鹿な。誰であろうと、わたしに断りなくこの城から出ることはできぬ」

ドナティアン・シャルルは中庭に行き、水盤に命じた。

「水盤よ、女の姿を映せ」

アドリエンヌは、外城壁のてっぺんにしがみついていた。歩哨《ほしょう》もいない城だから、そこには歩けるような通路は設けられていない。外界とこちら側とを隔《へだ》てる、一重の壁があるだけだ。

彼女は、胸壁《きょうへき》にひっかかった布切れのように体を二つに折り曲げ、青い顔でふるえていた。

それを見て、ドナティアン・シャルルは眉《まゆ》をひそめた。

「誰が、あの女をあんなところに連れて行ったのだ?」

それは独り言《ひとりごと》にすぎなかったが、水盤は反応した。水面からアドリエンヌの姿が消え、あとには静かなさざなみだけが残った。

ドナティアン・シャルルは苦笑した。

「そう、もちろん決まっているな。影どもの仕業《しわざ》だ」


この一年、誰とも交わらず隠者《いんじゃ》のように暮らしてきたせいで、女というのがどれだけ非論理的で厄介《やっかい》な生き物かということを、王子はすっかり忘れていた。あの連中はいつだってくだらない感情を最優先にし、理性に従って行動するということがない。結果、どれだけの面倒がひきおこされることか。水盤の選んだ女も、その点、例外ではなかったということだ。

城壁の下に行くと、そこには女物の小さな木靴《きぐつ》が片方、脱げて落ちていた。見上げた先には、茶色い縞《しま》模様のスカートと白いエプロンがぱたぱたと風にはためいている。

「女、そこでなにをしている?」

王子が呼びかけても、返事はなかった。風の音にまぎれて聞こえてきたのは、すすりあげるような声である。

「……泣いているのか?」

けげんに思って訊《き》くと、今度はこたえが返ってきた。

「ま、まさか。子供じゃ、あああ、あるまいし……」

ガタガタふるえて歯の根も嚙《か》みあっていないくせに、見えすいた強がりを言う。王子は皮肉な顔つきになった。

「青くなってふるえているようにも見えるがな」

冷ややかな指摘をうけて、アドリエンヌはしぶしぶ白状した。

「……た、高いところがに、苦手なだけ。わた、わたし、高所恐怖症なの、忘れてたけど」

「だったら、降りるがよかろう」

アドリエンヌはちらりと下を見ると、あわててまた目をつぶった。

「だ、だめよ……」

消え入りそうな声で言う。

「だって……だめ……で、できないわ……もう一度あんな目にあ、あうなんて、怖い……」

王子はいらだち、今度は厳しい口調になって言った。

「つべこべ言わずに、さっさと降りぬか」

すると、

「いや————————っっっ!!」

アドリエンヌは突然、すさまじい金切《かなき》り声《ごえ》をあげた。

「なに？」

「もういやっ！　あんまりよ！　あんまりだわ！　わ、わたしは、ノァニーじゃないのに！　しょ、小心者だし、度胸はないし、ど、どうせガチガチのい、石頭で、冒険なんか、大っっっ嫌いなのに！　どうして、わたしがこんな目にあわなきゃならないのよ!?　馬鹿っっっ!!」

アドリエンヌは癇癪玉《かんしゃくだま》を破裂させ、大声をあげてわんわん泣きだした。さすがの王子もこれには呆《あき》れ、肩の上の使い魔に言った。

「……ゲルガラン。あの女は、なにを言っているのだ？」

だが、問われたカラスも、当惑げに首をかしげるばかりである。

「さては、恐怖のあまり錯乱《さくらん》したのだな。世話の焼ける女だ」

王子は勝手に結論し、ぱちりと指を鳴らした。

「降ろせ」

すると、アドリエンヌはまた悲鳴をあげた。ふたたび見えない手が自分の体にのびてきたのを感じたのだ。

「いやっ！　やめて！」

魔法から逃れようと、懸命《けんめい》に身をよじる。と、危ういバランスで壁にしがみついていた彼女の体が、ぐらりと横に傾いた。とたん、彼女の顔は凍りついた。

「きゃあああぁぁぁ――――っっっ!!」

ドナティアン・シャルルはハッとして、アドリエンヌにむかって手をのばした。間一髪《かんいっぱつ》！　真っ逆さまに落ちてきた彼女の体は、王子の腕の中にすっぽりとおさまった。

王子は小さく息をつき、腹立たしげに警告した。

「女、二度とこんな愚かなまねは許さぬぞ」

ところが、彼女はぐったりとして動かない。怪我《けが》はないはずだがと不審に思い、体をゆすってみる。

「おい」

やはり反応はない。あれだけ大騒ぎをして人を手こずらせておきながら、彼女はあっさり気絶していた。

ドナティアン・シャルルは、低い声でうめいた。

「まったく、女というやつは……」


次に目を覚ましたとき、アドリエンヌはふかふかの寝床に横たわっていた。だが、そこが干草の匂《にお》いのする我が家でないことは、すぐにわかった。彼女が寝かされていたのは、見たこともないほど豪華な天蓋《てんがい》付きのベッドだった。

アドリエンヌはきょとんとして目をしばたたき、そして、すぐ近くに若い男が立っていることに気づいた。とたん、彼女はけたたましい悲鳴をあげた。自分がさらわれてきたことを思い

出したのだ。と同時に勢いよく飛び起き、ベッドの端まで退いた。

「そ、そこから一歩でも近づいたら、舌を噛《か》み切って死んでやるから!」

「さわぐな。くだらぬ」

ドナティアン・シャルルは、冷ややかな口調で言った。

「気絶したそなたを運んできただけだ。わたしには、嫌がる女を手ごめにする趣味はない」

アドリエンヌはハッとした。そうだった。わたしは城壁から落ちたのだ。あまりの怖さに我慢できなくなって、子供のように泣きわめいたこともついでに思い出し、恥ずかしさのあまり消えてしまいたくなった。

だが、おかげで希望も見えた。そうか。王子は、あれでわたしに愛想をつかして、計画をあきらめたんだわ。

「じゃ、じゃあ、家に帰してくれるの?」

「そんなことを言った覚えはないが」

「でも、今――」

「そなたを帰すつもりはない。なぜなら、そなたはどうせ、今に進んで、わたしに従う気になるからだ」

ドナティアン・シャルルは、わざとゆっくり区切りながらそう言うと、なにか企んでいるような微笑をうかべた。

不覚にも、アドリエンヌはそんな彼の表情に目を奪われた。そして悟った。この男は尊大で無愛想だが、そうしようと思えば、いくらでも自分を魅力的に見せることができるのだ。

たちまち、頭の中で警鐘《けいしょう》が鳴りはじめた。もう一人の自分がささやく。彼は危険よ。気をつけなさい。

「そんな……ありえないわ」

王子はその言葉を無視して、かたわらの肘掛《ひじか》け椅子《いす》に腰を下ろした。そして、これまでとはうってかわった、くつろいだ態度で背もたれに身をあずけると、わざとらしいほどやさしい声で言った。

「考えてもみるがいい。そなたは、わたしを利用することもできるのだぞ」

思いがけない言葉を聞いて、アドリエンヌは当惑した。

「り、利用って？」

「その気になれば、わたしはそなたの望みをなんでも叶えることができるのだ。もっと頭を使え。想像力を働かせるがいい」

想像力？　それは今のアドリエンヌにとって、いちばん胸にこたえる言葉だった。

「わたし、想像力ってないの。ぜんぜん」

しょんぼりして言うと、王子は目をきらめかせた。

「ほう。それは面白いな」

アドリエンヌは耳を疑った。

「面白い?」

「わたしが知っている女たちは、みな驚くほど欲深で想像力に富んでいたが」

それはつまり、宮廷の女性たちのことだろう。はしたないと思いながらも、アドリエンヌは好奇心を抑えることができなかった。

「たとえば? その女の人たちは、あなたにどんなお願いをしたの?」

「そう、たとえば宝石、ドレス、見目麗《みめうるわ》しい従者付きの馬車に、しゃれた庭園のある別荘……」

アドリエンヌは恐れをなして首をふった。

「わたしには分不相応だわ」

「金髪にしてくれという女もいたな。緑や紫の瞳をほしがる者もいた」

「素敵ね。でも、きっとわたしには似合わないもの」

「ちやほやされたがる女もいる。社交界の花形として注目されるのを望む女も」

「考えただけで身がすくみそう」

「父を殺して王位を奪えとささやく者もいた。その女は王妃《おうひ》になりたかったのだ」

聞いているうちに、アドリエンヌはだんだん気が沈んできた。つまりドナティアン・シャルルは、恋ならいくらでも知っているのだ。そして、そんな女性たちとアドリエンヌとを、きっちり区別しているのだろう。身分を考えれば当然かもしれないが、自分は恋する価値のない相手だと思われていることが、なんだかみじめに思えた。

でも、もちろん――アドリエンヌは自分に言い聞かせた。わたしは彼と恋がしたいわけじゃない。一切、関わりをもたずに、家に帰りたいだけ。だから、傷つくようなことじゃないわ。

「あなたは、ずいぶん女の人を知っているみたいね」

すると王子は、無頓着《むとんちゃく》そうに肩をすくめた。

「金や権力にたかる、ハエのような連中だ。いちいち相手をしたことはない」

「でも……その中に一人くらい、愛してる人はいなかったの？」

「愛とはなんだ？」

そっけなく切りかえされて、アドリエンヌは唖然《あぜん》とした。

「……愛を知らないの？」

「無論、そのような概念《がいねん》があるのは知っている。だが、わたしは見たことがない」

「目に見えるものじゃないもの」

「では、なぜあるとわかる？」

「それは……心が感じるの」

ドナティアン・シャルルは鼻で笑い、意地の悪い口調で言った。

「ほう。するとそなたには、その愛とやらを感じる相手がいるのか？」

アドリエンヌは顔が熱くなるのを意識しながら、王子をにらみつけた。

「わたし……父と母を愛しているわ。それに、兄弟も。妹が一人と弟が四人いるの」

「ほかには？」

「大切な友達もたくさんいるわ」

「わたしが訊《き》いたのは男のことだ」

アドリエンヌは今度こそ、自分が耳まで真《ま》っ赤《か》になったのがわかった。なんて図々《ずうずう》しい。デリカシーのある男性なら、そんなことは面とむかって口にしないものだ。

だが、なにもかも見透かしているような王子の眼差《まなざ》しに、アドリエンヌは心を乱された。

彼の目は、わたしを馬鹿な小娘だと言っている。わたしは、かつて彼のまわりにいた洗練された女性たちとはちがうから。人生経験にとぼしく、気の利いたことが何一つ言えないから。

そして――アドリエンヌは唇を噛《か》んだ。誰からも愛されたことなどないくせに、知ったかぶりをしているからよ。

「あ、あなたに、そこまで立ち入る権利はありません」

ぴしゃりとはねつけると、王子はのんびりした仕草で椅子《いす》の肘掛《ひじか》けに頬杖《ほおづえ》をついた。

「そなたが先に立ち入ってきたのだ。それに、そこまで言い切るからには、当然、経験があるのだろう。そうでないなら、ただのほら吹きと変わらぬからな」

アドリエンヌは、ぐっと言葉につまった。

「どうだ？　そなたはほら吹きなのか？」

ドナティアン・シャルルは、からかうように言った。こうまで挑発されては、こたえないわけにはいかない。

「も、もちろん、経験があるわ。わたし、結婚を考えていた人がいたの」

それを聞いても、彼は眉《まゆ》一つ動かさなかった。

「あいにくだが、それは破談にせねばなるまい。そなたに始末がつけられないなら、わたしがつけてやろう。男の名を言うがよい」

アドリエンヌはムッとした。この男は、どこまで傲慢《ごうまん》で身勝手なのだろう？

「ご心配なく。それは以前のことで、今はもうそんなつもりはありませんから」

「なぜだ？」

アドリエンヌは、王子の刺すような視線を避けて横をむいた。

「……ふられたからよ」

ふんだ。笑いたければ笑えば？　アドリエンヌは、半《なか》ばやけくそな気持ちで王子の次の言葉を待った。てっきりまた小馬鹿にされると覚悟していたのに、

「その男は愚《おろ》か者《もの》だな」

彼は満足そうにそう言っただけで、あっさりと話をもとにもどした。

「そなたになにも思いつけぬなら、こう考えてはどうだ。わたしはそなたを息子の母親として雇う。望みの代価を言え」

アドリエンヌは、あんぐりと口をあけた。

「わたしをお金で買おうっていうの⁉」

「まちがえるな。わたしが買うのは息子だ」

「あなたって——信じられない冷血漢《れいけつかん》ね！」

「それがどうした？　そなたの申すたわ言より、取引のほうが理にかなっているではないか」

たわ言ですって⁉　頭にカッと血がのぼった。要するに彼は、自分の言うことなど少しも真《ま》面目《じめ》にうけとってはいなかったのだ。

「わたしは、あなたみたいに心の冷たい人の子供を産むつもりなんてありません！　未来永《えい》劫《ごう》、絶対にね！」

だが、そこまで言っても、王子はまるで意に介さなかった。

「今に気が変わる。女とは、そういうものだ」

「どういうものだっていうの？」

「条件を有利にするためなら嫌がるそぶりもするが、実のところ本気ではない。駆け引きのつもりなら、やめておけ。わたしは、欲しいものを手に入れるためなら、気前よくもなれる」

「わたしはそんな女じゃないわ！」

憤慨《ふんがい》して叫ぶと、ドナティアン・シャルルは苦笑しながら立ち上がった。

「そなたがどんな女だろうと、どうでもいいことだ。気が変わったら、いつでも言うがよい。

わたしはそれまで待つことにしよう」

3

ドナティアン・シャルルが出て行った後、アドリエンヌはベッドの端に腰を下ろしたまま、長いことぼんやりと考えていた。

いちいち腹の立つ男だが、王子は思っていたより世間知らずでもおぼっちゃんでもないらしい。それどころか――自分よりもずっと多くの人々を見てきて、豊富な経験があり、皮肉屋だがきわめて怜悧《れいり》な一面をもっている。そして彼は、人というものをまったく信じていない。必要ともしていない。

――金や権力にたかる、ハエのような連中だ。いちいち相手をしたことはない。

アドリエンヌはこれまで、誰かの口からあれほど辛辣《しんらつ》な言葉を聞いたことがなかった。頭から愛を否定されたことも、少なからずショックだった。彼のような手ごわい相手を、いったいどうやって出し抜いたものか。

思わず暗然となったものの、しかしすぐに、チャンスがなくなったわけではない、と考えなおした。王子の傲慢《ごうまん》さは、むしろ彼女にとって幸いだったかもしれない。

気が変わるまで待つですって？

王子には、本当に理解できないのだ。どれだけ報酬《ほうしゅう》を積まれようと、そして、ほかにどんな誘惑を仕掛けられようと、彼女が愛のない結婚に同意する日など決して来ないということが。

けっこうよ。それなら永遠に待ってたらいいわ。その間に、わたしはここから逃げ出す方法を絶対に見つけてやるから。

そう決意すると、アドリエンヌはふたたび元気がわいてくるのを感じた。

「そうよ。誰が、あんな傲慢男の言いなりになんかなるもんですか。そうと決まったら、さっそく――」

手をすりあわせながら立ち上がったとき、お腹の虫がきゅるる……と鳴った。

「さっそく……ええと、なにか食べたいわ」

考えてみれば、今日は朝からなにも口にしていなかった。眠っている間に誘拐《ゆうかい》された上、その後は逃げるのに一生懸命《けんめい》で、食事のことなど気にする余裕《よゆう》がなかったのだ。しかし、このろくでもない一日も、やがて終わろうとしている。いつの間にか、あたりは夕闇につつまれていた。

「明かりもいるわわね。どこかに油か蠟燭《ろうそく》はないかしら……？」

何気なくあたりを見まわし――アドリエンヌは硬直した。正体不明の白い影が、すうっと目の前をよぎっていったのだ。

次の瞬間、アドリエンヌは悲鳴をあげ、あわてて壁際まで飛びのいた。気がつくと、いくつもの白い影がふわふわと中空をただよっている。それはクラゲのように半分透きとおっていて、しかも、あろうことか人の形をしていた！

「なっ、なんなの⁉　なんなの、あなたたち⁉　だ、だだだ、誰かっ――」

ガタガタふるえながら助けを呼ぶと、扉がばたんと開いた。ホッとしたのも束《つか》の間《ま》、彼女はすぐに失望させられた。

戸口に現れたのは、彼女のための料理だった。つい今しがたの言葉で、城の魔法が働いたのだ。ただし、今度は宙に浮かんでやってきたのではなかった。ワインにグラス、料理の皿やパン籠《かご》を運んできたのは、なんと、今まさに彼女を怯《おび》えさせている白い影の仲間たちだった。そして、彼らはさらに、炉棚《ろだな》の燭台《しょくだい》に火をつけて、彼女のそばにもってきてくれた。

そのとき、アドリエンヌはあることに思い当たった。

「まさか……今朝《けさ》、暖炉に火を入れてくれたり、長椅子《ながいす》を運んでくれたりしたのも、あなたたちなの？」

すると、影の一人がふりかえり、こくんとうなずいた。

「じゃ、じゃあ、あなたたちが、このお城の魔法の正体だったのね！」

ようやく、アドリエンヌは理解した。この城にいれば、誰もが魔法を使えるようになると思いこんだのは、間違いだったのだ。実際には、この影たちが働いてくれていたのである。もちろん、彼ら自身は、ドナティアン・シャルルの魔法の産物なのだろうが。

それにしても、彼らの仕事ぶりは見事だった。アドリエンヌは今、最初に放りこまれたのと同じ部屋にいるのだが、牢獄《ろうごく》のようだった空間は見違えるほどの変化を遂《と》げていた。おそらく、彼女が気絶している間に、王子が指図《さしず》したのだろう。ベッドのほかにも豪華な家具や調度《ちょうど》が運びこまれ、床の上には分厚《ぶあつ》い絨毯《じゅうたん》、壁面には色鮮やかなタペストリーがかけられていた。贅沢《ぜいたく》に慣れていないので落ち着かないのは同じだが、それでもこの方が断然にいい。

そして、彼らがテーブルに用意してくれた食事もまた、呆《あき》れるほどに豪勢だった。インゲン豆と羊肉《ひつじにく》のシチュー、鶉《うずら》のパイ、七面鳥のロースト、白身魚の香草《こうそう》焼き……ほかにも、生まれてこの方お目にかかったこともないような料理が、所狭しとならべられている。

まるで、王様の婚礼パーティにでも招かれたみたい。うっかりそんなことを考えて、アドリエンヌは顔をしかめた。もちろん、わたしの婚礼じゃありませんからね！

あるいは、これもまたドナティアン・シャルルの懐柔策《かいじゅうさく》の一つなのかもしれない。彼らは、自分をご馳走《ちそう》攻めにしろとでも言いつけられているのかも。そう思うと反感が頭をもたげたが、しかし空腹には勝てなかった。

アドリエンヌはしぶしぶといった態度で席につき、まずはシチューを一匙《ひとさじ》すくって、口に入れた。とたん、あまりの美味に恍惚《こうこつ》となった。こんなにおいしいものを食べたのは、本当の本当に生まれて初めてだ。

ふと気づくと、影たちがテーブルをとりかこみ、彼女の様子をじーっと見つめていた。なにか、真剣そうな雰囲気《ふんいき》である。

「……な、なに？」

アドリエンヌはたじろぎ、ぎこちなく感謝の言葉を口にした。

「あの、とってもおいしいわ。ありがとう……」

すると、影たちは互いに顔を見合わせ、満足そうにこくこくとうなずいた。見かけは不気味だが、彼らはこの上なく親切で気のいい存在らしい。

アドリエンヌは、彼らにたいする反感を解いた。少なくとも、自分をこんな目にあわせたのは彼らではない。怒りはドナティアン・シャルルにこそむけるべきなのだ。

腹ごしらえをすませると、アドリエンヌはもう寝るからと嘘《うそ》をつき、影たちをみんな部屋から追い払った。そして、彼らが完全に行ってしまったのを確認してから、燭台《しょくだい》を手にとった。

さて、行動開始だ。おとなしく休んで明日を迎えるつもりなど、もちろんなかった。黙って家から消えたのだから、家族はきっと心配しているだろう。とにかく一刻も早く家に帰って、彼らを安心させてやらなければならない。

城の中なら、今でもまだ自由に歩き回ることができた。ドナティアン・シャルルは、彼女には逃げることができないと高《たか》をくくっているのだろう。

まったく！　それを思うと、腹立たしくてたまらない。あの高慢ちきの鼻を、ぐうの音《ね》もでないほどへし折ってやりたいものだ。

　部屋をぬけだしたアドリエンヌは、ふたたび外城壁にむかった。たとえドナティアン・シャルルが目くらましの魔法をかけているのだとしても、あるのであれば見出《みいだ》せるはず。彼女は積み上げられた城壁の石を一つ一つ丹念に調べ、魔法の破れ目をさがそうとした。

　だが、結局はすべて徒労に終わった。ずいぶん長いこと頑張《がんば》ったのに、どうしてもカラクリを暴くことができない。そうこうするうちに蠟燭《ろうそく》が燃え尽きそうになったので、彼女は一度、部屋にもどることにした。そして、中庭のそばを通りかかったときだ。彼女は突然、ギクリとして足を止めた。

　暗闇の中で、なにかが青白く光っている。

　影たちではない。なんだろう？　恐る恐る近づいてみると、それは人理石の水盤だった。

　中庭は昼間も通ったはずなのに、こんなところに水盤があったなんて、まったく気づかなかった。特に美しい装飾がほどこされているわけでもないから、明るい光のもとでは目立たなかったのだろう。しかし、こんなふうに闇の中で燐光《りんこう》を放っている様は、なんだか神秘的な感じがした。

　アドリエンヌは思わずその光景に見とれ、ふと王子の言葉を思い出した。

　――得たい答えをみな水面に映して見せてくれる。水盤が嘘をついたことは一度もない。

「魔法の水盤……もしかして、これが？」

アドリエンヌは畏怖《いふ》の念に打たれ、思わず息をのんだ。だが、同時に恨《うら》めしい気持ちにもなった。

つまり、この水盤のせいで、自分は今こんなろくでもない目にあっているわけだ。いったい、どんな根拠で選ばれたのかは知らないが、まったくいい迷惑である。

だが、アドリエンヌはそこで少し考えた。この水盤が本当にすべての問いに答えてくれるのなら、もしかして……

アドリエンヌはすばやくあたりを見回し、近くに誰もいないのを確認してから、水盤のほうに身をのりだした。そうして、小さな声で「水盤さん」とささやいた。

「ねえ、あなたに本当に魔法の力があるんだったら……わたしの家族が今どうしているか、見せてくれないかしら？　きっと、心配していると思うの」

すると、不思議なことが起きた。風もないのに水面にさざなみが立ち、きらきらと輝きだしたのだ。やがてそこには、見覚えのある男の背中が映しだされた。

アドリエンヌにはすぐに、自分の父親、ギョームだとわかった。人よりも大柄な彼は、鍛冶《かじ》屋《や》の戸口をふさぐように立っていた。話している相手は――ジョリィだ。それに気づいて、彼女はハッとした。

「アドリエンヌがいなくなった？　それ、本当ですか？」

ジョリィが当惑顔で訊《き》きかえすと、ギョームは大きくうなずいた。

「朝からずっと姿が見えないんだ。どうも、みんなが起きだす前に、ベッドをぬけだしたらしい。ファニーはともかく、アドリエンヌがこんなことをするのは初めてでね。家内も心配している。わたしはてっきり、きみと一緒《いっしょ》なのかと……」

「ちがいます！」

ジョリィは、あわてて否定した。

「ぼくはぜんぜん――知りません、ちがいますよ。第一、あのう、アドリエンヌとは、そういう仲じゃないんです」

ギョームは眉根《まゆね》をよせた。

「それはどういう意味だね？　わしが間違っていたらすまんが、きみとアドリエンヌは、なにか約束があったんじゃ――」

「友達です。それは認めますけど、それ以上のことはありません。本当です」

ギョームは意外そうだったが、それでも素直に自分の勘違《かんちが》いを認めた。

「そうか。それは失礼したね」

ジョリィは気まずそうな表情をうかべ、しばらくためらった後、さぐるように言った。

「あの、おじさん？」

「うん？」

「……ファニーが言ったんですか？　アドリエンヌは、ぼくと一緒だって」

「いや、ちがうよ」

アドリエンヌは、それ以上見ていられなかった。ジョリィが心配しているのは自分の安否《あんぴ》ではなく、ファニーに自分との仲を誤解されることだとわかったからだ。

「ありがとう、水盤さん。もういいわ。今度は弟たちを映してもらえる?」

すると、ジョリィと父の姿はかき消え、次には自分の家の居間が映った。どうやら、夕飯の最中らしい。妹のファニーと三人の弟たちがテーブルをかこんでいる。もう一人の弟で長男のジャンは、去年から大工《だいく》の親方のところに徒弟奉公《とていほうこう》に出ていて留守《るす》だった。

父がこの場にいないのは、ジョリィと会っているからだと、もうわかっている。母のアガートも姿が見えなかった。きっと、父同様、母も心当たりを探してくれているのだろう。

「アディ姉さん、どこに行ったの?」

豆のスープをスプーンでぐるぐるかき回しながら、末弟のリュックが言った。

「家出したって本当? もう帰ってこないの?」

今度はルイが言った。彼とリュックは双子《ふたご》で、ともに九歳になったばかりだ。

ファニーは、ふんと鼻を鳴らした。

「馬鹿言わないの。姉さんに家出する度胸なんかあるもんですか。すぐに帰ってくるわよ」

「ほんとに?」

「ほんとよ。父さんはジョリィのところに行ったけど、わたしは母さんが当たりだと思うわ。

隣村のおばさんとこでしょ、きっと」

「だけど、おばさんとこに、なにしに行ったの？」

「オレ知ってる」

今度は、次男のマックスが口を出した。当年十二歳。この年ごろの男の子がたいていそうであるように、こましゃくれていて、いつだって一言多い。

「ファニーとケンカしたんだ。村祭りのときのことで」

名指しされて、ファニーはムッとした。

「人聞きの悪いこと言わないでよ。姉さんは勝手に――」

言いかけて、ファニーは反論をやめた。しぶしぶ認める。

「――そ、まあね。姉さんはきっと、ちょっとすねちゃったんでしょ」

「アディ姉さんはすねたりしないよ。いつもガミガミうるさいけど」

リュックがつぶやくと、

「それよ！」

ファニーはふりかえり、末弟の鼻先に人差し指を突きつけた。

「いい？　小うるさい姉さんがいない今こそ、やりたいことをやるチャンスよ。帰ってきたら、また窮屈《きゅうくつ》な生活に逆戻りなんだから。今のうちに、好きなことやっときな」

すると、まにうけた双子《ふたご》が皿の上にスプーンを放り出した。

「うん。ぼく、豆嫌い。食べなーい」

「ぼくも、にんじん嫌い。食べなーい」

それを見て、水盤の前のアドリエンヌは目をむいた。

「なんですって!? みんな食べなくちゃ、大きくなれないのよ! 食べ物を残すなんて、なんて罰当《ばちあ》たりなーー」

わめいているうちに、今度は兄弟ゲンカがはじまった。真っ先に食べ終わったマックスが、リュックの皿からパンを横どりしたのだ。

「あ、それぼくんだぞ! ファニー姉さん、マックスがぼくのパンとった!」

すると、マックスを叱《しか》るべきファニーは、威勢《いせい》よく拳《こぶし》をふりまわした。

「男なら、自分でとりかえせ!」

とたんに、テーブルの横でとっくみあいがはじまった。たちまち椅子《いす》が倒れ、床がどったんばったん騒々しい音をたてる。

「こらーっ! やめなさいっっっ!!」

アドリエンヌは水面にむかって叫んだ。だが、もちろん声が届くはずはない。

「信じられない、ファニーったら! なにケンカあおってんのよ? それに、わたしには家出する度胸もないですって? 姉がひどい目にあってるのに、よくもそんなことをーー」

興奮して水盤を叩くと、ぴしゃっと水が撥《は》ねてこぼれ、弟たちの姿はかき消えた。アドリエンヌはハッとわれに返り――そして、力ないため息をもらした。

なんだか、裏切られたような気分だった。自分がいなくたって、家族は誰も困りはしないのだ。それどころか、自分の存在がそんなにうるさがられていたなんて、ショックで言葉もでない。

「見なきゃよかった……」

アドリエンヌはしょんぼりと肩を落とし、水盤に背をむけて歩き出した。

「ちっとも役に立たないわ。魔法の水盤なんて……」


翌朝、アドリエンヌはいつもの習慣で、夜明けとともに目を覚ました。そして、ベッドから身を起こしてあたりを見回すと、がっくりとうなだれた。

「やっぱり、夢じゃなかった……」

一晩寝たら、みんな消えているかと思ったのに。こんな現実が待っているのなら、目を覚ますんじゃなかった。

だが、生真面目《きまじめ》な彼女の体内時計は、鋭く朝を察知《さっち》して、主《あるじ》を眠りからひきもどしてしまう。彼女はしぶしぶベッドから出て、身支度《みじたく》を整えた。

例の影たちは、また見えなくなっていた。いなくなっていた、というのとはちがう。顔を洗いたいと言えば、ちゃんと洗面用の水が運ばれてくるし、お腹《なか》がすいたと言えば、おいしい朝食が運ばれてくる。しかし、それらはやはり、ふわふわと宙に浮かんでいるようにしか見えなかった。

王子が変わり者であることは、もうアドリエンヌにもわかっている。だが、夜だけ姿をあらわす召使なんて、悪趣味なジョークだとしか思えない。

だが、ジョークといえば、彼女には笑えない現実がもう一つあった。

この城には出口がない。少なくとも、あるべき場所にない。これ以上、悪趣味なことがあるだろうか？

それでも、あきらめるつもりは毛頭《もうとう》なかった。今日という今日は、なんとしても出口を見つけてみせる。アドリエンヌは手早く朝食をすませると、またもや部屋をぬけだした。

しかし、向かった先は外城壁ではなかった。アドリエンヌは常識に固執するのをやめ、発想を変えてみることにしたのだ。

実は城門などはじめから存在せず、城の中に隠し通路があるのだとしたら？

ひねくれた王子のことだ、そういう城を造っていても、おかしくはない。

そこでアドリエンヌは、怪しいと思う場所を徹底的に探索した。井戸の底をさぐり、暖炉《だんろ》やかまどの奥にもぐりこみ、果ては汚水溜《おすいだ》めの中にまで頭をつっこんで調べてみた。だが、やはり収穫《しゅうかく》はなし。

それでも、まだまだあきらめなかった。夕食後、彼女は燭台《しょくだい》を手に、今度は地下に下りていった。そこには厨房《ちゅうぼう》や食糧貯蔵庫や物置があったが、もっとも広い面積を占《し》めていたのは書庫だった。天井まで届く書棚《しょだな》が壁一面にならんでいて、おさまりきれないものは、床の上に積み上げられている。そのおびただしい蔵書の数に、彼女は圧倒された。

ドナティアン・シャルルは、これだけのものをすべて読んでいるのだろうか？　彼がたんなるわがまま息子ではないという事実を、彼女はいつも、うっかり忘れそうになってしまう。

蠟燭《ろうそく》の明かりで左右を照らしながら歩いていると、不意に風を感じた。

足を止め、あたりを見回す。だが、地下に窓などあるはずはない。

気のせい？　ちがう。蠟燭の炎も揺れていた。通風孔《つうふうこう》だろうか？　あるいは……あるいは今度こそ、もしかして……

アドリエンヌはドキドキしながら、風の流れをたどっていった。細い通路を注意深くすり抜け、やがてふたたび広い空間に出たとき——彼女は唖然《あぜん》として、その場に立ちすくんだ。

わが目を疑い、ごしごしと目をこすってみる。だが、見間違いではない。幻でもない。

中空に城門が浮かんでいた。鉄帯で補強された頑丈《がんじょう》そうな木の扉が大きく口をあけ、その向こう側に、風にそよぐ木々の影と星空が見えている。

「冗談きついわ……」

彼女の推測はみんなはずれていた。城壁に仕掛けがあるわけでも、城の中に隠し通路があるわけでもなかった。王子は文字通り、城門をこんなところに隠していたのだ。

ともあれ、これでやっと逃げられる。一瞬、にんまりしかけたが、しかし彼女の前には新たな問題が発生していた。

「……ちょっと待って。あんなところ、いったいどうやってよじ登れっていうのよ？」

城門は彼女の頭のはるか上にあった。飛び上がったくらいでは、到底、届きそうにない。

「はしごか縄《なわ》があれば……そうだ！」

アドリエンヌは、つい今しがた通ってきた書庫の棚《たな》に、はしごが立てかけてあったのを思い出した。上段に置かれた本をとるためのものだが、あれなら、ぎりぎり届くかもしれない。

彼女は急いで書庫にとってかえし、目当てのものを見つけた。燭台を足もとに置いて、長いはしごをもちあげる。思ったよりもかなり重い。よろよろしながらひきずっていくと、戸口のそばまで来たところで先端が本の山にぶつかり、派手なだれが起きた。

彼女は顔をしかめて、ひきかえそうとした。と、そのときなぜか、鼻先に焦げ臭《くさ》い匂《にお》いがただよってきた。何気なくあたりを見回して、ギョッとした。彼女の置いた蠟燭《ろうそく》が倒れて、火が書物に燃え移っている！

アドリエンヌは急いでエプロンをはずし、火をはたいて消そうとした。だが、彼女の努力をあざ笑うかのように、火はすさまじい勢いで燃え広がっていく。と同時に、黒い煙が部屋中に満ちてきて、息をするのも苦しくなった。

アドリエンヌは恐怖にかられ、後ずさりした。

「水……水を、もってこないと」

咳《せ》き込みながらきびすを返したとき、背後で騒々しい物音がした。

彼女は足を止めてふりかえった。赤い炎の向こうで、小さな黒い影が暴れ狂っていた。聞き覚えのある羽音がする。あれは……王子のカラスだ！

しまった！　と思った。あのカラスが書庫にいたなんて、まったく気づかなかった。火で退路を断たれて、逃げられないのだ。このままでは焼け死んでしまう！

アドリエンヌは真《ま》っ青《さお》になって、身をひるがえした。そして、ふたたび火の海に飛びこんでいこうとした、そのとき——誰かに腕をつかまれた。

4

「ここでなにをしている!?」

アドリエンヌを止めたのは、ドナティアン・シャルルだった。彼女は、ふりかえるなり叫んだ。

「カラスが！　あなたのカラスが、火の向こうにいるの！」

王子は瞬時に状況を把握《はあく》したが、それでも彼女の腕は放さなかった。

「それで、自分もいっしょに丸焼けになるつもりか？」

アドリエンヌは、駄々《だだ》っ子のように足を踏み鳴らした。

「わたしのせいなんだもの！　手を放して！　早く行かなくちゃ、焼け死んじゃうわ！」

王子は使い魔の名とともに、なにか奇妙な呪文《じゅもん》を唱えた。すると、目の前の空間にいきなりカラスがあらわれ、ぽとりと床の上に落ちた。

アドリエンヌは息をのんだ。

「……し、死んじゃったの？」

「いや、大丈夫《だいじょうぶ》だろう。ゲルガラン」

主人の声にこたえて、カラスはむくりと身を起こした。尾羽の先が少し焦げていたが、どうやら無事らしい。

そして、王子は杖《つえ》をふり、あっという間に火事を鎮《しず》めてしまった。

しかし、それでも焼け跡はひどい有様だった。書物が高価で貴重なものだということはアドリエンヌも知っていたが、今やその多くが焼けて灰になってしまった。

罪悪感で息がつまりそうだった。謝ろうと思っても、言葉が見つからない。

と、王子がまた彼女の手首をつかんだ。

「なっ、なに？」

ギョッとして身をかたくすると、王子は咎《とが》めるように言った。

「腕だ。火傷《やけど》をしているではないか」

言われてはじめて、アドリエンヌはそのことに気づいた。火を消すのに夢中になっていて、熱さも痛みも感じなかったらしい。王子は指を鳴らして小さな器をとりよせ、それを彼女にさしだした。

「塗っておけ。これで痕《あと》は残らぬだろう。わたしは癒《いや》しの術は得手《えて》ではないのでな」

中身は、火傷に効く軟膏《なんこう》のようだ。

思いがけないやさしさを示されて、アドリエンヌは戸惑った。てっきり、罰《ばつ》をあたえられるものと思っていたのだ。王子が、自身のうけた被害よりもまず彼女の怪我《けが》を心配してくれたことが、信じられなかった。

「ありがとう……」

アドリエンヌはぎこちなく礼を言い、王子から薬をうけとった。

とはいえ、これで無罪放免を期待するのは、やはり甘かったようだ。王子はふたたび厳しい声になって言った。

「それで？　いったいここで、なにをしていた？」

アドリエンヌは目をそらし、王子の顔を見ないようにした。

「あの、ええと……ま、迷子になって、うっかり入りこんじゃったの。そしたら、蠟燭《ろうそく》を倒してしまって……」

「それだけではあるまい」

「本当よ！　あわててしまって、それで……」

「ごまかすな。どうせ、そなたの目当てはあれであろう。まったく、油断も隙《すき》もない」

アドリエンヌはギクリとした。

「あ、あれって？」

王子は、ぱちりと指を鳴らした。すると、書庫の中でいきなり風が起こり、例の城門が目の前にあらわれた。アドリエンヌは、あんぐりと口をあけた。王子は、つづけて呪文《じゅもん》を唱えた。

城門は蜃気楼《しんきろう》のように揺らめき、ふっと姿を消した。

アドリエンヌは驚愕《きょうがく》した。消えた？　嘘《うそ》！　城の出口が消えてなくなってしまった⁉

「なにをしたの⁉」

「見ての通りだ。そなたには無用なものだからな」

「そんな……」

アドリエンヌは、とんでもない悲劇に見舞われたような顔をした。王子はそれを目の端でとらえ、口もとを歪《ゆが》めた。

「そんな顔をするな。本当にそなたは……」

言葉はつづかなかった。彼はくっと喉《のど》を鳴らすと、急に声をあげて笑いだしたからだ。

アドリエンヌは意表をつかれた。こんなふうに笑う王子を見るのは、初めてだった。

皮肉屋で冷血漢《れいけつかん》の彼が？　嘘でしょ？

「……まったく。そなたのように無鉄砲で手の焼ける女は、初めてだ」

「無鉄砲……手の焼ける……？」

アドリエンヌは、またまたびっくりしてつぶやいた。

「あの……本当に、そう思う？　わたしは無鉄砲だって」

「ああ」

すると、アドリエンヌはぱっと顔を輝かせた。

「まあ。本当の本当に？　まあ！」

王子は不審そうに眉根《まゆね》をよせた。

「なにをよろこんでいる？」

「だって、そんなこと初めて言われたんですもの！　無鉄砲って、我が家ではファニーを形容する言葉なのよ」

「ファニーとは？」

「わたしの妹。奔放《ほんぽう》すぎて手におえないところもあるけど、とっても独創的で、いつも途方もないことを考えつくの。一度でいいから、わたしもそんなふうになってみたくって」

「もう十分だと思うが？」

呆《あき》れたように王子が言うと、アドリエンヌは不満そうに口をとがらせた。

「それは、あなたが本当のわたしを知らないからよ」

王子は、興味をひかれたようだった。

「ほう。本当のそなたはどんな女なのだ？」

「真面目《まじめ》でお固くって、いっしょにいても、あんまり面白くないって思われてる……」

そこまで言うと、アドリエンヌの浮かれ気分は、瞬く間にしぼんでしまった。そう、結局のところ、それが現実なのだ。

「どうした？」

「べつに。ただ……」

アドリエンヌはためらい、ある真実に気づいた。

今にして思えば、自分が傷ついたのは、ジョリィに失恋したせいではなかった。そもそも、彼に友情以上のものを感じていたのかどうかもわからない。なのになぜ、いつまでもあの一件にこだわってしまうかといえば――

ファニーのようになれない自分が、急に、なんの価値もない、つまらない人間であるかのように思えてきたからだ。

アドリエンヌは、小さなため息をついた。

「……あなた、前に、わたしの望みを訊《き》いたわよね」

「なにか思いついたのなら、言うがよい」

「そうじゃないの。本当は、わたしもそれを知りたいのよ。なにが望みなのか、なにをしたいのか、自分で自分のことがよくわからないの」

アドリエンヌはこれまで、一生懸命《けんめい》に妹や弟たちの世話を焼いてきた。だが、彼らはもう赤ん坊ではない。じきに姉の手など必要としなくなる日がやってくる。そのとき、自分にはいったいなにが残るのだろう？　そう思うと、なんだかむなしくなって途方に暮れるのだと、彼女は正直に打ち明けた。

「要するに、わたし、自分に自信がないの。みんなから必要とされなくなったら、どう生きていけばいいのかわからない……」

「わたしには必要だ」

アドリエンヌの心臓が、ドキンと跳ねた。

顔をあげると、いつの間にか王子がすぐそばに立っていた。体の熱が感じられるほど、息遣いが聞こえるほど近くに。ほとんど知らない男性と二人きりでいるという事実が、このとき急に彼女の上にのしかかってきた。

「ここにいればいい。わたしがそなたを必要としている」

王子の声はやさしい気遣いに満ち、誘いかけるように甘かった。アドリエンヌは、そこから動けなかった。胸の鼓動が激しくなって、まともに息ができない。王子が身をかがめ、唇で彼女の唇にふれてきたときは、頭の中がパニックに陥《おちい》った。

なんてことかしら。わたしは王子とキスをしている。ジョリィとだって、こんなことはなかったのに。

そう、ジョリィはわたしにキスなんかしなかった。恋をしていたわけではなかったから。わたしになんの魅力も感じていなかったから。でも――

でも、ドナティアン・シャルルは――？

アドリエンヌはぎゅっと目をつぶって、王子がさらにキスを深めてくるのを待った。ところが、彼は焦《じ》らすように唇を離すと、今度は耳もとでささやいた。

「第一、そういうことならば好都合ではないか。そなたはわたしの息子の母となるのだから」

冷や水を浴びせられたような気がした。アドリエンヌは王子の胸を突き飛ばし、真っ青《まさお》になって言った。

「わたしを誘惑しようとしたのね！」

王子は、まるで動じていなかった。額にかかった前髪をかきあげ、ぬけぬけと言う。

「作戦を変えただけだ。そなたがあまりに強情なのでな」

アドリエンヌは屈辱《くつじょく》にふるえた。なにもかも計算ずくだったのだ。黙って話を聞いてくれたのも、それにあの言葉も――

「わ、わたしは、絶対そんな手にはのせられませんから！」

アドリエンヌは、やっとそれだけを言うと、逃げるようにその場を後にした。


足音が遠ざかっていった後、ドナティアン・シャルルはとうとう我慢が尽きて笑いだした。アドリエンヌが聞いていたら、また烈火《れっか》のごとく怒り狂ったにちがいない。だが、そんな彼女の反応を想像することすら、今の彼には愉快《ゆかい》だった。

なぜ、急に彼女にキスをしたくなったのか、自分でもよくわからない。愚《ぐ》にもつかないことで真剣に悩んでいる彼女が、おかしくもあり、いとおしくも思えた。なにか言ってやりたかったのだ。彼女の気が休まるような、なぐさめになるような、なにかを。

まったく、柄《がら》にもない。だが、今や彼は、水盤の選んだ娘に少なからぬ関心をいだいていた。息子の母親になる女性だからというだけではない。彼女自身が、彼の知っているどんな女性よりも変わった個性の持ち主であることに気づいたからだ。

なにしろ、しでかすことは突拍子《とっぴょうし》がないし、反応のいちいちが予測不可能で意表をつかれる。だいたい、たかがカラス一羽を助けるために、自分の命まで危険にさらす馬鹿が、どこにいる？　ほかの者なら、まず一目散《いちもくさん》に逃げ出すはずだ。

少なくとも彼女は、自分のしたことに責任をとろうとしたのだろう。あんな火傷《やけど》まで負って——そう思うと、貴重な書物を焼いたことも、咎《とが》める気にはなれなかった。

なるほど。彼女はこういった事柄にたいして、特別な道徳的信条をもっているらしい。愛などというたわ言を本気で信じている女なら、それもあり得ることかもしれない。今どき奇特なことだ。しかし、面白い、とも思った。

当初の計画は少しばかり脱線しつつあるようだが、それでもドナティアン・シャルルは満足だった。風変わりな娘を誘惑するというゲームが、一つ加わっただけのことだ。問題はない。もっとも、彼女のおかげで余分な仕事は増えるかもしれないが。

王子は微笑をうかべて立ち上がると、杖《つえ》で床を打ち鳴らし、小鬼たちを呼びつけた。地中の妖魔族《ようま》には、大工《だいく》や鍛冶屋《かじや》、石工など、優秀な職人がそろっている。王子は彼らに焼け跡の修復を命じ、いくつか必要な指示をあたえた。と、そのとき、彼は部屋の隅にいる使い魔の視線に気づいた。

「どうした、ゲルガラン？」

王子のカラスは、いつでも好きなときに外を飛びまわることを許されていた。国中のあらゆる場所で情報を拾い、主人の耳に入れるのも仕事のうちなのだ。今日も朝から姿が見えなかったから、おそらくどこかに行っていたのだろう。

「なにかあったか」

主人の問いに、カラスは心話でこたえた。

――あなたの弟が亡くなった。

とたん、王子は凍りついたように動きを止めた。

――乗馬中の事故で。落馬して首の骨を折ったのだ。

王子は長いこと無言でいたが、やがて、「そうか」とだけこたえた。そして彼は、きびすを返して戸口にむかった。その背に、またカラスが問いかける。

――国中が喪《も》に服している。あなたもお帰りになるべきでは？

「なんのために？　アルマン・ジュストが生きようと死のうと、わたしには関わりのないことだ」

――もはや王の息子はあなた一人。あなたの帰還を望む者もいる。

「わたしは今の生活に満足している。わたしはここに自分の城を築き、居場所をつくった。これで息子ができれば完璧《かんぺき》なのだ」

——あの女は、あなたには従わぬだろう。

王子はふりかえり、冷ややかな視線を使い魔に向けた。

「アルマン・ジュストが死んで、そなたは急に気が変わったらしいな。だが、これ以上の口出しは僭越《せんえつ》だぞ、ゲルガラン」


勢いよく中庭に飛び出したアドリエンヌは、そこで唐突《とうとつ》に足を止め、荒い息を吐き出した。

ああ、もう！　わたしの馬鹿！　どうして抵抗しなかったのよ？

顔から火が出そうだった。穴があったら飛びこんで、もう二度と出てきたくなんかない。

そもそも、王子にあんなことまで打ち明けるなんて、どうかしている。今まで、誰にも話したことなんかなかったのに。ちょっとやさしくされたくらいで、あんなに口が軽くなってしまうなんて、自分で自分が信じられない。

——わたしがそなたを必要としている。

思い出すと、悔しくて涙がこみあげてきた。

あの男はずるい。ずるくて残酷《ざんこく》だ。

たったあれだけ話しただけで、彼はアドリエンヌの心の奥底にひそむ願いをあっさりとさぐりあててしまった。そして、あろうことか、それを武器に使おうとした。

そうよ。わたしは誰かに必要とされたい。自分は価値のある存在だと信じさせてほしい。だけど、わたしだって馬鹿じゃないわ。愛されることと利用されることの違いくらいわかる。

ドナティアン・シャルルの卑怯者！　絶対に許さないんだから！

少し落ち着いてくると、アドリエンヌはようやく手の甲で涙をぬぐった。今が夜でよかった、と心の底から思った。誰にも泣き顔を見られたくなかったからだ。たとえ、その相手が幽霊もどきの召使たちしかいなかったとしても。

部屋にもどろうと顔を上げたとき、青白い光が目に飛びこんできた。魔法の水盤だ。

「……そうだわ！」

アドリエンヌは水盤に駆けよった。名案を思いついたのだ。

「水盤さん、お願い！　王子が城門をどうしたのか、教えて」

すると、水面がきらきらと輝きだし、そこに例の頑丈《がんじょう》そうな扉を映しだした。

アドリエンヌはホッとした。では、王子はあれを消したわけではなかったのだ。彼女の目から隠すために、またどこかに移したのだろう。城門は今、タイルで装飾された壁面に張りつけられていた。

どこかしら？　アドリエンヌは身をのりだした。そして、同じ場所に王子の姿を見つけて、思わずうめいた。

王子は考え事に没頭《ぼっとう》しているらしく、難しい顔で部屋の中を歩きまわっていた。彼が移動すると、水面に映る景色も角度を変えた。同じ部屋には、四柱式ベッドが置かれていた。その隣の部屋は——書斎《しょさい》だろうか？　戸口の向こうに、書き物机や戸棚《とだな》が見える。ということは、つまり——

「……嘘《うそ》でしょおお？　あの人、城門を自分の寝室に移しちゃったの？」

アドリエンヌは情けない声をあげた。王子の部屋にしのびこむなんて、いくらなんでも絶対に無理だ。彼を殴《なぐ》り倒しでもしないかぎり……ああ、だけど、それができることなら！

「ねえ、水盤さん。あなた、ドナティアン・シャルルの弱点を知らないかしら？」

ため息まじりに訊《たず》ねると、なんと水盤は、この問いにもこたえてくれた。ふたたび水面が光を放ち、そこに一人の初老の男を映しだしたのだ。

男は壮麗《そうれい》な館のバルコニーに立ち、目の前に広がる庭園をながめていた。立派な身なりをしていて風格を感じるが、その表情は重苦しく、疲れているような印象もうける。

まったく知らない男なのに、アドリエンヌは、なぜか彼を知っているような気もした。誰かに似ているのだ。

「王よ、中にお入りください。あまり風に当たられますと、お体にさわります」

そばにいた若者がかけた言葉で、男の正体がわかった。ブランデージの国王——つまり、ドナティアン・シャルルの父親だ。

そうか、王子に似ているんだわ。アドリエンヌは合点《がてん》した。目尻に深いしわが刻まれ、頬《ほお》の肉がたるんでいても、鼻筋の通った男らしい骨格は、確かに王子と共通している。

「使者はまだ帰らぬか。連絡は？」

王が問うと、若い近習《きんじゅう》はこたえた。

「いまだなにも」

王は悄然《しょうぜん》とうなずいて、部屋の中に姿を消した。

なるほど、あの驕慢《きょうまん》な王子にお説教できる人物なんて、確かに父親ぐらいのものだろう。アドリエンヌは納得したが、同時にがっかりもした。そんなことがわかったからといって、彼女にはなんの足しにもならないからだ。

アドリエンヌは暗いため息をつき、その夜はおとなしく自分の部屋にもどった。

5

翌日、アドリエンヌは朝からろくでもない騒動に見舞われた。目を覚ますと間もなく、大きな衣装箱《いしょうばこ》が戸口に列をなしてあらわれ、次々と寝室に運びこまれたのだ。そして、彼女のベッドのまわりは、あっという間に足の踏み場もなくなってしまった。

箱の蓋《ふた》をあけてみると、中には何着もの美しいドレスが入っていた。精緻《せいち》な金糸《きんし》刺繡《ししゅう》がほどこされたものや、毛皮の縁飾りがついたもの、たくさんの真珠《しんじゅ》や宝石が縫《ぬ》いつけられたものもある。どれもひきずるほどに袖《そで》と裾《すそ》が長く、働く必要はおろか、自分の足で歩く必要さえほとんどない階級の女性のためにつくられたものだ。

アドリエンヌは困惑し、そこに集まっているであろう、見えない影たちに言った。

「わたし、こんなの頼んでないわ。もってってちょうだい」

だが、反応はない。衣装箱はそこに置かれたままだ。

そうこうするうち、また戸口から新しい箱が入ってきた。今度の行列も長くつづいていて、前に置かれた箱の上にどんどん積み上げられていくものだから、荷物はやがて天井につかえる

ほどになってしまった。寝室が飽和《ほうわ》状態になると、次は隣の居間だ。居間も同様に埋め尽くされると、廊下《ろうか》と階段。際限なく数が増えていく。

アドリエンヌは、たまりかねて叫んだ。

「ちょっと！　いらないってば！　あなたたち、いったいどうしちゃったのよ!?」

城の魔法が狂いだしたとしか思えなかった。アドリエンヌはあわてて部屋を飛び出し、ドナティアン・シャルルの姿をさがした。大広間を駆けぬけると、ちょうど向こうから本人がやってきた。

「どうした？　血相を変えて」

「どうしたもこうしたも——あなたの召使がおかしくなっちゃったわ！　わたしの部屋を衣装箱で埋めてるの！」

「ああ。それはわたしが命じたのだ」

王子はあっさりと言った。

「そなたの好みがわからなかったのでな。気に入ったものはなかったか？　ならばもっと運ばせるが」

アドリエンヌは唖然《あぜん》とした。

「あなた——馬鹿じゃないの？　いったい、なんのためにドレスなんか——」

「たまには、そなたと二人で食事でもどうかと思っただけだ」

で言う。

腹立たしいことに、王子はそんな彼女の反応を楽しんでいるようだった。ゆっくりと微笑《ほほえ》ん
「また誘惑する気ね！　お断りよ！」

アドリエンヌは、弾《はじ》けるように後ずさった。

「晩餐《ばんさん》をな。それほど妙なことか？　そなたは、わたしの息子の母となる女ではないか」

「しょ、食事？　あなたとわたしが？」

「そなたは面白いな。思っていることがそのまま顔に出る」

アドリエンヌは疑わしそうな顔をした。

「面白い？　そんなはずないわ。だってわたしは――」

「また例の、そなたは真面目《まじめ》で分別《ふんべつ》くさいとかいうたわ言を口にするつもりか？」

「たわ言ですって!?」

「そなたがわたしの前で分別あるふるまいをしたことなど、ただの一度もないではないか」

「それは――それは、あなたが非常識だから、まともなやり方で対処できないだけよ！」

「それに、このわたしに面とむかって逆らった女も、そなたが初めてだ」

「それこそ、わたしがきちんとした良識をそなえている証拠じゃない」

すると王子は、わざとらしく片眉《かたまゆ》をつりあげた。

「わざわざ、わたしの書庫で焚《た》き火《び》をするような女がか？」

アドリエンヌは、ぐっと言葉につまった。

そうだ。確かに、ここでのわたしは醜態《しゅうたい》ばかりさらしている。

「いつもはそんなことないのよ。ふだんのわたしは……もっと退屈なの」

赤くなってつぶやくと、王子はふんと鼻を鳴らした。

「なるほど。そなたをふった男とやらが、そう言ったというわけか」

アドリエンヌは言い返そうとしたが、それより先に王子がつづけた。

「他人の言うことなど気にするな。そなたはそのままで十分、価値がある」

突然、アドリエンヌは息が苦しくなった。まるで、心臓をぎゅっとつかまれたかのようだ。

「す、水盤がそうこたえたから？」

「それもあるが、わたしはそなたが気に入ったのだ。なるほど、確かにそなたは頭が固い。強情でなかなか意志を曲げぬ。しかし少なくとも、平凡ではない」

そして王子は、ニヤッと笑った。

「なにより、わたしはそなたといて退屈したことなど一度もないぞ」

アドリエンヌはいきなり身をひるがえし、逃げるように駆けだした。そして、ふたたび自分の部屋に飛びこむと、勢いよく扉を閉めた。

涙があふれだしていた。

悔《くや》しいのか腹立たしいのか、それともうれしいのか悲しいのか、よくわからない。

どうしてあの男は、こうもやすやすと、わたしの欲しい言葉を見つけるのだろう？　みんな偽りだとわかっているはずなのに、なぜこうも感情をゆさぶられてしまうのか。

彼はわたしを愛しているわけではない。関心すらもってはいないというのに。

ああ。どうしよう？　これ以上、彼のそばにいたら、きっと負けてしまう。負けてしまうわ。

「は、早く逃げなきゃ……もう、ここにはいられない……」

でも、どうしたらいいの？　状況は今でも変わっていない。城門を通らなければ、外には出られない。

そのとき、頭の中で声が聞こえた。

――わたしが手を貸してやろう。

アドリエンヌは、びっくりして飛び上がった。

「誰っ!?」

視界の隅で、黒い影が動いた。いつからそこにいたのか、王子のカラスが衣装箱の上にとまり、興味深そうに部屋の中を見回していた。

――王子が女性の機嫌をとろうとするなど、めずらしいことだ。

感情のない静かな声が、ふたたび頭の中で響いた。

「あなた……人間の言葉がしゃべれるの？」

アドリエンヌは、息をのんだ。彼女に向けられた金色の目には、まぎれもない知性の光が宿っていた。

——心話でならば。王子以外の者に語りかけることはめったにないが。

「……知らなかったわ。それで、わたしになんの用なの？」

——彼から逃げたいのなら、手を貸してやろうと言った。

アドリエンヌは警戒の表情をうかべた。

「どうした風の吹きまわし？　王子の手先のくせに」

——あなたは王子のためにならない。ここから出て行ってほしい。

アドリエンヌはムッとした。

「失礼な言い草ね。わたしは好きでここにいるわけじゃないのに。そういうことは王子に言うべきじゃないの？　わたしじゃなくて」

——彼は、自分に必要なものがなにか、本当にはわかっていないのだ。

「それがわたしでないことは確かよね」

——その通り。

きっぱり断言されると、アドリエンヌはかえって複雑な気分になった。

「……王子に必要なものって、なに？」

カラスは、その問いにはこたえなかった。

――あなたの探している外界への門は、王子の部屋に移されている。

「知ってるわ。だから困ってるの。王子の目を盗んで部屋にしのびこむのは、かんたんなことじゃないもの」

――手を出すがいい。

「えっ？」

カラスは羽ばたいて舞い上がると、アドリエンヌの手のひらに小さな真鍮《しんちゅう》の輪を落とした。

「これは？」

――指輪だ。眠り薬を仕込んだ毒針がついている。肌に刺せば数秒で昏睡《こんすい》に陥《おちい》る。王子の部屋から盗み出したものだが、まさか自分に使われるとは彼も思うまい。

「王子を眠らせるの？　だけど……無理よ。急に近づいたら、変に思われるわ」

――王子はあなたを誘惑しようとしている。逆手《さかて》にとって、油断させればいいではないか。

カラスはアドリエンヌの浮かべた表情に気づいて、また言った。

――気がすすまないという顔だな。

「だって。人を騙《だま》すのって、やっぱり気がひけるもの。たとえ相手が人さらいの極悪人《ごくあくにん》だとしてもね」

――あなたが王子に未練を残しているのではないことを祈るばかりだ。

「そんなこと、あるはずないわ！」

むきになって否定すると、カラスは軽蔑《けいべつ》するようにアドリエンヌを見た。

――どうだか。人間の女の目に、王子の姿はよほど美しく映るようだから。しかし、忠告しておく。王子があなたを愛することなど、決してない。

そう言い残して、カラスは飛び去った。

「忠告なんて必要ないわ。そんなこと、わかってるもの」

アドリエンヌはつぶやいた。

「わかってるんだから……」


その日の夕刻、アドリエンヌは何度か深呼吸をしてから、王子の部屋の扉をノックした。

「入れ」

王子は書棚《しょだな》の前に立ったまま、熱心になにかを読んでいた。だが、ふりかえって彼女を見ると、黙って本を閉じた。

つい今朝方《けさがた》、いきなり王子の前から逃げ出したことを思うと、アドリエンヌは気まずくて目をあわせられなかった。彼女は床の上を見つめたまま一つ咳払《せきばら》いをし、やっとのことで勇気をふるいおこした。

「あの、お話があるんです」

「めずらしいな。そなたのほうから話とは。入るがいい」

王子は長椅子《ながいす》を指し示したが、アドリエンヌは戸口のそばに立ったまま、話をつづけた。

「わたし、あの……ええと……あなたのお申し出を、お受けしようと思って」

返事はなかった。不審に思って顔を上げると、王子と視線がかちあった。

彼は勝ち誇ってはいなかった。むしろ、不可解な謎《なぞ》を目の前にしているかのように、難しい表情を浮かべている。

「……なぜ、気をかえた？　訊《き》いてもよいか？」

アドリエンヌは、また咳払《せきばら》いをした。

「つまり、あの、気づいたの。このまま家にもどっても、特にしたいことがあるわけじゃないって。それに……あなたは、最初に思ったほど悪い人じゃなさそうだし……見習うべき点もあるわ。だから……」

王子は、おかしそうに口もとを歪《ゆが》めた。

「わたしのなにを見習うというのだ？」

「誰の評価も気にしないで、好きなように生きているところかしら。それって、すごく勇気がいることだと思うの。そんなふうに生きられたら、きっと幸せでしょうね」

「幸せ……」

王子は、当惑したようにくりかえした。

「ちがうの？」

「考えたこともなかった」

「でも、楽しいでしょう？」

「楽しい……さあな」

「じゃあ、あなたはどうして魔術師になったの？」

「べつに、なろうと思ったわけではない。いつの間にかそう呼ばれていただけだ」

「じゃあ……あなたはいつから魔法を使いはじめたの？」

「覚えていないな。かなり幼いころだったのは間違いないが」

そして、王子は少し考えた。

「……そう、最初は、死んだ母をよみがえらせようとしたのだ」

「王妃様《おうひ》？　いらっしゃるじゃない」

アドリエンヌは王室のことにくわしいわけではないが、ブランデージの国王と王妃が健在であることは、国民なら誰でも知っている。

「あれは父の後妻だ。わたしを産んだ母は、わたしが幼いころに死んだ」

「そうだったの……お気の毒だわ」

すると、王子はたちまち皮肉な顔つきになった。

「父はそうは思わなかった。ほかに気に入りの女がいたのだ。さっさと愛妾《あいしょう》を王妃に格上げして、弟をつくった」

それは、アドリエンヌにとって初めて聞く話だった。だとすると、彼の代わりに世継《よつ》ぎになった弟王子——アルマン・ジュストとは、母親が違うことになる。

「それで、お母様が恋しくなったの？」

「そういうことではない」

ドナティアン・シャルルは、自尊心を傷つけられた少年のようにムッとした。

「興味があっただけだ。どんな女だったのかと。記憶がなかったのでな。だが、彼女はもう彼方《かなた》の国に行っていて……」

「彼方の国って？」

「死者の魂《たましい》が赴《おもむ》くところだ。彼らをこの世にとどめようと、わたしはずいぶんいろんな方法を試みた。だが、どんな術をほどこしても、肉体が腐《くさ》っていくのは止められない。結局は魂《たましい》だけが呪縛《じゅばく》されることになり……」

そこで彼はあたりを見まわし、軽く肩をすくめた。

「今やこの城は影だらけというわけだ」

「……は？」

数秒経ってやっと、アドリエンヌはその言葉の意味するところに気づいた。とたんに、顔から血の気《け》がひいていく。

「まさか、あの……このお城の影たちって、本物の幽霊《ゆうれい》だったの……？」

「ほかのなんだと思っていたのだ？」

あっさり返され、アドリエンヌは絶句した。

「ただし、そのような実験は数年で懲《こ》りた。魂を影としてとどめることさえ、死んだ直後でなければかなわないのだ。どのみち母を呼びもどすことはできない。しかし、そのころにはもう、別の可能性に目覚めていた。魔術に限界はない。ただ知識に手をのばし、研鑽《けんさん》をつめばいいのだ。この世に属するものである限り、それで欲しいものはすべて手に入る」

「それはどうかしら」

「そなたもそうやって手に入れた」

その声の得意げな響きが、アドリエンヌの癇《かん》にさわった。この男は、また人を物あつかいしている。

「それでわかったわ。あなたがいちいち人を不愉快《ふゆかい》にするわけが」

アドリエンヌは、つんと顎《あご》を上げて言った。

「あなたは魔術は学んでも、人との付き合い方を学ばなかったのよ。きっと、宮廷でのあなたは嫌われ者だったに違いないわね」

「そうではない。連中はわたしの力を恐れたのだ。あの男もそうだった」

「あの男って？」

「父だ」

鋭く吐き捨てるような口調に、アドリエンヌはたじろいだ。

「それで追放されたの？　あの、あなたは罪人の死体を盗みだしたとか、悪魔と取引をしたとか言われてるけど、それが理由？」

「確かに、処刑役人に金をにぎらせて死体をもらいうけたことはある。だが、理由など方便にすぎぬ。あの男は弟を世継ぎにしたかった。だからわたしを追い出した。ただそれだけのことだ」

「思い過ごしじゃないの？　ちゃんと話し合ったの？　お父さんが息子を嫌うなんて、そんなこと――」

「この話はもうよい」

王子は不機嫌そうにさえぎった。

「あの男の話など、退屈なだけだ。くだらぬ」

でも、あなたはお父さんにこだわってるじゃない。アドリエンヌは心の中で言いかえした。だって、そんなふうに感情をあらわにしたあなたを見るのは初めてだもの。

彼は外見ほど冷たくはないのかもしれない。愛を知らないなんて、それは嘘だ。求めても得られないから、見えないふりをして、自ら背を向けてしまったのだとしたら――

アドリエンヌはハッとわれにかえった。気がつくと、ドナティアン・シャルルがこちらに歩いてこようとしていた。彼女はたじろぎ、思わず後ずさった。だが、すぐに背中が壁についてしまい、それ以上、彼から逃げることはできなかった。

王子は手をのばすと、まるで壊れものでもあつかうように、そっと彼女の頬《ほお》にふれた。とたん、彼女はゾクリと身震いをした。彼から視線をそらすことができない。

こんなに近くで彼の瞳を見るのは初めてだった。底の知れない、沼の色だ。ひきこまれて、ぬけだせなくなってしまう。

不思議なことに、王子も同じことを考えていたらしい。彼はふっと微笑《ほほえ》み、ささやくように言った。

「そなたの瞳は青かったのだな……」

アドリエンヌは戸惑いを覚えた。青いといっても、彼女の瞳は淡すぎて、ほとんど灰色と区別がつかないような色だった。髪だってさえない麦わら色で、人に誇れるほど美しくはない。なのに、彼の満足そうな表情を見ていると、なんだか自分がきれいになったような気がした。

「後悔《こうかい》はさせぬ。約束する。そなたの望みはなんでも叶えてやろう」

王子はアドリエンヌに唇を重ねた。それはやさしくて甘い味がした。まるで恋人にするようなキスだった。

思わず瞼《まぶた》を閉じかけたとき、睫毛《まつげ》の間で黒い影が動いた。王子のカラスだ。それに気づいたとたん、彼女は現実にひきもどされた。

――王子があなたを愛することなど、決してない。

ゲルガランの言葉が耳によみがえる。

わかってる。ええ、わかってるわ。わたしは、ありもしないものを夢見てるんだって。王子はわたしの恋人じゃない。そしてわたしも、彼の恋人にはなれない。ここにいれば違う人間になれるだなんて、馬鹿げた錯覚《さっかく》でしかないって――わかってる。

終わらせなきゃいけないのよ。

アドリエンヌはふるえながら手をのばし、王子の首筋にふれた。すると、彼はピクリと顔をあげ、いぶかるような表情をうかべた。

気づかれた⁉　アドリエンヌは心臓が止まりそうになった。だが、次の瞬間――王子は意識を失い、ずるずると床の上に沈みこんだ。

アドリエンヌは、足元に倒れた王子を呆然《ぼうぜん》と見つめた。そして、その場に膝《ひざ》をつくと、ちゃんと薬が効いていることを確かめた。彼の呼吸はおだやかだった。騙《だま》されたことも知らずに眠っている。

「ドナティアン・シャルル……」

アドリエンヌの頬に涙がつたった。

「だ、騙してごめんなさい。わたし……これ以上、ここにはいられない。だって、あなたに恋をしてしまったら、自分がみじめになるだけだもの」

アドリエンヌは、王子の寝室から上掛けをもってきて彼の体にかけると、申し訳なさそうにまた言った。

「本当に、ごめんなさい……」

6

ドナティアン・シャルルが意識をとりもどしたのは、夜もかなり更けてからだった。彼はなぜ自分が床の上で眠っているのか、すぐには思い出すことができなかった。明かりが消えていたので、指を鳴らして火をともし、周囲を照らす。いつもと変わりのない、彼の書斎《しょさい》だ。

いったいなぜ、こんなところで寝ているのだろう？　なにをしていたのだったか……？

頭がぼんやりとしていて、妙に気《け》だるい。首筋には、ひりつくような痛みを感じた。何気なくうなじに手をやったとき、彼は唐突《とうとつ》に最後の場面を思い出した。

女にしてやられたのだと認めるには、それから数秒かかった。だが、どれだけ否定したくても、状況がすべてを物語っている。

王子はすぐに自分の寝室に向かった。思ったとおり、城門はひらかれていた。

彼女はこのために一芝居《ひとしばい》うったのだ。彼を騙《だま》して油断させ、そして――指輪に仕込んだ薬で眠らせた。

「わたしに嘘《うそ》をついたのか……」

真面目《まじめ》で堅物《かたぶつ》すぎると嘆《なげ》いていた女が。想像力に欠けるのが悩みだと、自ら打ち明けさえした女が。そんな女にこれほど見事に欺《あざむ》かれるとは、我ながらなんとおめでたい男だったのか。

ドナティアン・シャルルは、自分でも思いがけないほどの憤《いきどお》りを感じた。なぜ、これほど腹が立つのか、わからなかった。くだらない、不実な女なら、父の宮廷で山ほど見てきたはず。

あの女はちがうとでも思っていたのか？

そうだ。生まれてはじめて、信じるにたる、かかわりあう価値のある女を見つけたと思った。息子さえ産んでくれるなら、欲しいものはなんでも与えてやるつもりだった。なのに、その返礼がこれか――？

ドナティアン・シャルルは歯を食いしばり、使い魔の名を呼んだ。

「ゲルガラン！」

だが、カラスはあらわれなかった。不審に思った王子は、次の瞬間、すべてのカラクリを見抜いた。

ゲルガランの入れ知恵だ！

そうだ。でなければ、あの女一人でここまでの筋書きを描けるはずがない。彼から指輪を盗みだすことも。

「おのれ、さしでた真似《まね》を――」

王子は杖で床を打ち鳴らし、小鬼たちを呼びつけた。

「女が逃げた。すぐにさがしだせ」

どのみち、彼女に逃げることはできないとわかっていた。正確には、生きて彼から逃れることなど不可能なのだ。たとえ城から出られたとしても、その先は深い森がつづき、しかも魔法の結界《けっかい》が張られている。あとは森で迷って野垂《のた》れ死ぬか、獣《けもの》に襲われ命を落とすか、二つに一つだ。事実、こうしている間にも――いや、彼女はすでに生きてはいないかもしれない。

その可能性を考えると、背筋が凍りついた。

「もしそんなことになっていたら――ゲルガランめ、必ず見つけ出して、八つ裂きにしてくれる！」


アドリエンヌは頭上に小さな松明《たいまつ》を掲げ、疲れて重い足をひきずりながら、闇の中を延々とさ迷っていた。歩いても歩いても、森をぬけることができない。城を抜け出してずいぶん経つし、間違いなく真っすぐ進んでいるはずなのに、なぜか同じところをぐるぐる回っているだけのような気がした。

空腹で、眠くて、くたびれ果てていたが、それでも足を止めることはできなかった。いつ、暗がりから危険な獣が飛び出してくるかもしれないと思うと、恐ろしくてたまらなかったからだ。どこかでオオカミの遠吠えが聞こえるたびに、草むらでなにかがガサゴソと音をたてるたびに、彼女は心臓が止まりそうになった。夜の森は不気味な気配に満ちていた。

なぜ、こんな無謀《むぼう》なことをしでかすはめになったのか、何度も考えてみた。いつもなら、もっと慎重になったはずだ。ろくろく計画も練《ね》らず、衝動的に行動するなんて、およそ自分らしくない。

だが、そうするしかなかったのだ。あのまま城に残っていたら、いつかきっと後悔《こうかい》しただろう。愛されもしないのに儚《はかな》い望みをかけて、苦しむのは嫌だった。だったら、逃げる以外になにができたというのか。

暗い気持ちで物思いにふけっていたとき、身近になにかの気配を感じた。ギクリとして立ち止まると、木々の間で黄色く光っているものがある。アドリエンヌは瞬時に、それがなにかを察した。オオカミの目！

たちまち、顔から血の気《け》が引いた。思わず後ずさると、ぐるる……と低いうなり声が聞こえた。次の瞬間、彼女は身をひるがえし、一目散《いちもくさん》に逃げ出した。

オオカミは追ってきた。背後に迫る気配で、それがわかった。体中の血管が恐怖に脈打ち、彼女をパニックに陥《おとしい》れた。逃げたくても思うように走れない。疲れた体は鉛《なまり》のように重かった。とうとう足がもつれて転んだとき、彼女は死を覚悟した。

もうだめ!!

アドリエンヌは頭をかかえ、地面にうずくまった。ところが――

それからしばらく経っても、彼女の身には何事も起こらなかった。不審に思い、恐る恐る顔

をあげてみる。

するとと、彼女のいる茂みから少し離れたところで、オオカミは立ち止まっていた。まるで、それ以上、近づくのを躊躇《ちゅうちょ》しているかのようだ。オオカミは、しばらくそのあたりをウロウロしていたが、やがてあきらめて去っていった。

自分の幸運が信じられなかった。いったい、どうして……？

不審に思いながら立ち上がり、落とした松明《たいまつ》を拾った。そして、足もとの暗がりを照らしたとたん――ヒッと息をのんだ。地面の土がもりあがり、そこから小鬼の顔がのぞいていたのだ。

ふたたび、どす黒い恐怖が背筋を這《は》いのぼった。アドリエンヌはあえぎ、左右に目を走らせた。だが、逃げ道はない。不気味な青白い顔がそこかしこにあらわれて、まわりを取り囲んでいた。彼女は大木の幹に背中をつけ、ふるえながら松明をかまえた。

「いや……た、助けて……ドナティアン・シャルル……」

か細い声をもらしたとき、突然、目の前に閃光《せんこう》が走った。そして次の瞬間、空間が二つに裂け、あの美しい魔術師があらわれた。

すると、まるで役目を終えたかのように、小鬼たちはあっけなく姿を消した。

アドリエンヌは松明を取り落とし、その場にへなへなとくずれおちた。だが、安心するのは早かった。彼女を見る王子の顔は、怒り狂っていた。

自分のしたことを思い出して、彼女は急に恐ろしくなった。立ち上がって逃げようとすると、その前に腕をつかまれ、乱暴にひきよせられた。

「痛いっ！　痛いわ、ドナ――」

「黙れ！」

アドリエンヌはビクッと身を縮めた。

「自分がなにをしたか、わかっているのか⁉　わたしが助けに来なければ、そなたはオオカミの餌《えさ》になっていたぞ！」

これほど激昂《げっこう》している王子を見るのは、初めてだった。びっくりしてなにも言えずにいると、彼は口の中で悪態をついた。

「なぜだ？　それほどにわたしが嫌いか？」

「嫌いだなんて――」

「だったら、なぜ逃げる？　なにが不満だ？　そなたには好きな男も人生の目的もないと言った。家に帰っても身の置き所がないと。だったら、なぜ――」

「それは、お互いに愛しあってるわけじゃないからよ！」

アドリエンヌは怒鳴《どな》りかえした。彼は、いまだになにもわかっていない。独《ひと》りよがりで傲慢《ごうまん》で、そして――とんでもなく魅力的でずるい。こんな男に恋をしたわたしは馬鹿だ！

「好きあってもいないのに、子供だけつくるなんて冗談じゃないわ！　そんな――そんなさびしい子供なんて、つくりたくない！　お父さんに見捨てられたあなたなら、わかるはずでしょ？　あなたみたいなさびしい子供を、あなたもつくりたいの!?」

ドナティアン・シャルルは蒼白になった。それは彼にとっての禁忌《きんき》だった。わかっていて口にしたのだ。彼が憎かった。めちゃくちゃに傷つけてやりたかった。

一瞬の沈黙のあと、彼は感情を押し殺した声で言った。

「わたしは、息子を大切にあつかう」

アドリエンヌは、泣きたいような気分で嘲笑《あざわら》った。

「大切にね。だけど、人を愛することを学ばなかったあなたに、息子を愛せるとは思えない。きっと、あなたの影たちやわたしみたいに、所有物あつかいするのがせいぜいだわ」

王子の目に、ふたたび怒りが燃えあがった。

「黙れ！　わたしに口ごたえする気か!?」

「するわ！　わたしはあなたなんか怖くない！　気に入らなかったら、どうとでもすればいいでしょ！」

「おのれ――」

火のような王子の眼差《まなざ》しを、アドリエンヌは真っ向からうけとめ、にらみかえした。つかまれた腕に力がこもり、砕《くだ》けそうに痛い。だが、彼女は息をのんでこらえた。

王子は懲罰《ちょうばつ》を与えようとしているのだろうか？　だが、そうだとしても、一歩もひきさがる気はなかった。

と、そのときだ。どこか遠くで人の悲鳴が聞こえた。二人はハッとし、同時にふりかえった。

アドリエンヌは、獣《けもの》の咆哮《ほうこう》を聞き違えたのかと思った。こんな時間、こんな場所に、自分たち以外の人間がいるとは考えられなかったからだ。しかし、悲鳴はまた聞こえた。男の声だ。今度はそれが、はっきりとわかった。

「王子！　今の声は——」

ドナティアン・シャルルは眉《まゆ》をひそめ、じっと森の気配に注意をかたむけていた。

「……何者かが森に入りこんだようだ。どこへ行く？」

走り出したアドリエンヌを、王子は呼び止めた。

「だって、助けなきゃ！　あの声——なにかあったのよ！」

「そなたには見つけられまい。また迷うのがおちだ」

「だったら、連れて行って！」

王子は片眉をあげた。

「今度は、わたしに指図《さしず》するつもりか？」

アドリエンヌは、怒りに歯を食いしばった。

「あなたって、どこまで冷血漢《れいけつかん》なの？　人が困ってるのに、なにもしないつもり？」

「ふん」

王子はアドリエンヌの肩に手をまわしてひきよせ、しぶしぶ呪文《じゅもん》を唱えた。数秒後、彼らはちがう場所に立っていた。

アドリエンヌは草むらに若い男が倒れているのを見つけた。急いで駆けよると、肩や太もものあたりが血まみれだ。

「大丈夫《だいじょうぶ》ですか？　ひどい怪我《けが》！　いったい、どうして――」

男は痛みに朦朧《もうろう》としていて、こたえることができなかった。かわりに、王子が冷静な口調で言った。

「オオカミに襲われたようだな。牙の痕だ」

おそらく、男も必死で抵抗したのだろう。すぐそばに、血に濡れた剣が落ちていた。

アドリエンヌは真《ま》っ青《さお》になって、王子をふりかえった。

「早く手当てをしないと！」

すると、彼は不満そうに顔をしかめた。

「なぜ、わたしに言う？」

「あなたのお城がいちばん近いし、きっと血止めの薬ももってるでしょう？」

「だから？　その男を助ける義理はわたしにはない。そしてそなたは、城にはもどりたくないのではなかったか？」

アドリエンヌは王子をひっぱたいてやりたかった。だが、今そんなことをしても益《えき》はない。彼女は懸命《けんめい》に感情を抑えた。

「お願いいいいだから、助けて」

「そなたも城にもどるか?」

「こんなときに条件を——わかったわ、もどればいいんでしょ? なんでも言うとおりにするから、とにかく助けて!」

「その言葉を忘れるな」

王子は冷ややかに言い、ぱちりと指を鳴らした。

7

城にもどると、アドリエンヌはかいがいしく男の世話をした。傷口を洗浄し、王子の調合した血止めの薬を塗りこみ、丁寧《ていねい》に包帯を巻き――そして男が寝入ってしまった後も、熱がでるのを心配して、しばらくベッドのそばに付き添った。

そんな彼女を見ていると、ドナティアン・シャルルはまた腹が立ってきて仕方がなかった。二人の間にはまだ解決していない問題があるというのに、彼女はもう、そんなことなどどうでもいいような顔をしている。もしかすると、彼の存在すら忘れているのかもしれない。

王子はどんなときでも、自分で癒《いや》しの術をほどこすことはなかった。それは命の炎を分けあたえるのに似ていて、ひどく体力を消耗《しょうもう》するからだ。それに、たいていの病《やまい》や怪我《けが》は薬と養《よう》生《じょう》で治るのだから、わざわざ自分が代償《だいしょう》を支払ってやる必要もない。

しかし今、彼はさっさと怪我人を癒して、もといたところに追いかえしたほうがいいのではないかと思いはじめていた。アドリエンヌの態度も不愉快だが、もう一つ気がかりなことがあったのだ。

男は、王の紋章《もんしょう》の入ったお仕着せを着ていた。血まみれでぼろぼろになっていたから、アドリエンヌは気づかなかったのだろう。しかし、長年宮廷で暮らしてきた王子には、見間違えようもない。嫌な予感がした。

夜明け前のわずかな時間、アドリエンヌは影たちと付き添いを交代し、寝室を離れた。その隙《すき》をついて、ドナティアン・シャルルは男に会いに行った。

どうやら、男は自分がどこにいるかをちゃんと把握《はあく》していたらしい。訪問者の気配に目を覚まし、相手が誰であるかに気づくと、あわてて起き上がろうとした。

「王子！」

「そのまま寝ていろ。傷が悪化する」

男は身を起こすのをあきらめ、申し訳なさそうに言った。

「面目次第もございません。わたしは王の使者としてまいった者でございます」

「それはご苦労だったな。だが、わたしはあの男にはなんの興味もない。回復したら、さっさと立ち去るがいい」

そっけない返事にも男はひるまず、急いで用件を告げた。

「申し上げにくいことですが、悲しいお知らせがございます。弟君のアルマン・ジュスト様がお亡くなりになりました」

王子は、黙って男から目をそらした。

「遠乗りの最中に落馬なさり、そのまま……ごぞんじだったのですか？」

王子に驚く様子がないので、男は途中でそれを察した。

「ああ」

「王は、あなたのご帰還を望んでおられます」

するとドナティアン・シャルルは鼻でせせら笑った。

「あの男は、なにか勘違《かんちが》いしているのではないか？　わたしとあの男とはもう赤の他人だ。命令を聞かねばならぬ義理はない」

「お怒りはごもっともです。しかし、弟君のご不幸があってから、王はすっかりお力落としで、あなた様に王位をお譲《ゆず》りになり、ご自分は退位なさりたいお考えなのです」

「今さら虫のいいことを。どうせ、条件があるのだろう」

「は、はい。グールモン公のご息女、フェリシア様とのご縁組《えんぐみ》にございます」


思いがけず扉の陰で会話を立ち聞きしてしまったアドリエンヌは、ノックをせずに黙ってその場を離れた。

これで結局、決着がついたというわけね。心が重く沈んでいくのを意識しながら、ぼんやりと考えた。わたしたちがケンカする理由はなくなった。ここにとどまる理由もなくなった。ドナティアン・シャルルはきっと都に帰るだろう。そして、彼にふさわしい貴族の令嬢《れいじょう》と結婚して、王になるだろう。だって彼は、心の底では父親をもとめているから。

みんな夢だったのよ。だから、きっと忘れられるわ。わたしはまだ、彼に恋をしたわけじゃないし。

そう。うっかりそうなりかけたけど、まだしてない。絶対にまだ。一歩手前でふみとどまったんだから。軽はずみな妹とちがい、わたしは感情に流されたりしない。いつも用心深く細心にふるまって、決して傷ついたりしないの。ごらんなさい、ファニー。分別《ふんべつ》って、こういうことよ。


アドリエンヌは、自分を誇りたかった。だが、実際には、みじめな気持ちばかりがおしよせてくる。このままでいたら、泣いてしまいそうだった。

彼女は気分が落ち着くまで、しばらく城壁のそばを散歩した。次に王子と顔を合わせるときには、笑って祝福したかったからだ。

ところが、それは思っていたよりも早く、不意打ちの形でやってきた。中庭に足を向けると、そこにドナティアン・シャルルの姿があったのだ。彼は回廊《かいろう》の柱に肩をあずけ、じっと物思いにふけっていた。そして、アドリエンヌの気配に目をあげると、まるで幻でも見ているような顔をした。

「女……」

「前から一度言おうと思っていたんだけど」

アドリエンヌは咳払《せきばら》いをし、わざと皮肉っぽく聞こえるように言った。

「わたしの名前は女でもそなたでもないわ。アドリエンヌよ」

「アドリエンヌ……そうか」

王子は、当惑げにつぶやいた。

「そういえば、まだそなたの名を訊《き》いていなかったのだな」

今ごろ気づくなんて、本当になんて失礼な男だろう。だが、不思議と今は腹も立たなかった。もともと彼は、それが許される身分なのだから。

「王様のお城に帰るのね」

やさしい声で言うと、王子は強情そうに横をむいた。

「帰らぬ」

「きっと帰るわ。だって、お父さんに許してもらうのが、あなたのいちばんの望みでしょう？」

「なにを馬鹿なことを」

「いいえ、あなたは意地を張っているだけなのよ。理解されないからって、子供みたいにふてくされているの。でも、素直になって話し合えば、きっとわかってもらえるわ」

王子は鋭い目でアドリエンヌをにらんだ。

「そなたに、なにがわかる？」

あなた以上にわかってるわよ。アドリエンヌは心の中でつぶやいた。この頑固《がんこ》なひねくれ者にそれを認めさせるには、どうすればいい？

「……あなた以前、魔法の水盤は嘘《うそ》をつかないって言ったわよね。いつだって、本当のことを映しだすんだって」

「ああ、そうだ」

「だったら、わたしはあなたに証明できる。来て」

そう言って、アドリエンヌは水盤に歩みよった。

「水盤よ、ドナティアン・シャルルの弱点を――いちばん恋しい人の姿を見せてあげて！」

すると、いつものように水面がゆらぎ、きらきらと輝きだした。アドリエンヌは、勝ち誇ったように微笑した。が、次の瞬間、そこに映しだされたものを見て、言葉を失った。

「嘘……」

ドナティアン・シャルルも意外そうな顔をした。しかし、やがて彼は苦笑すると、負けを認めるようにつぶやいた。

「水盤は嘘をつかない」

「ドナティアン・シャルル……」

王子はアドリエンヌに背を向けて去った。彼女は、呆然《ぼうぜん》としてそれを見送った。

水盤に映ったのは、アドリエンヌの姿だった。

ドナティアン・シャルルが自室にもどると、窓辺に使い魔のカラスがとまっていた。

「なぜ、もどってきた?」

王子は不機嫌そうに言った。

「そなたが女に手を貸したことはわかっているぞ。罰《ばつ》を与えられるとは思わなかったのか?」

すると、カラスは落ち着き払ってこたえた。

——天邪鬼《あまのじやく》な人間に自分の本当の心を気づかせるには、彼らの望まぬ方向に導いてやるのがいちばんなのです。

王子はふんと鼻を鳴らした。

「なんとも遠まわしな言いようだ。それは、わたしのことを言っているのか? それとも、あの女のことか」

——どちらも。あなたは賢いお方だが、ご自分には感情などないと思っておられる。人を愛する心などもたぬと。

「事実、そうなのだ」

——では、なぜそうも動揺《どうよう》なさっておられるのです。お父上にも、あの女にも腹を立てておられる。なぜ? 受け入れれば理由がわかる。あなたに必要なのは……

「黙れ!」

王子はカッとなって怒鳴《どな》りつけた。

「小賢《こざか》しいカラスめ、消えてしまえ！　わたしの目の届かぬところにな！」

杖《つえ》を突きつけると、カラスは窓から飛び去った。王子は荒い息を吐きだし、どさりと長椅子《ながいす》に身を沈めた。

「どいつもこいつも――」

しかめっ面《つら》で毒づき、天井を仰《あお》ぐ。彼はしばらくそのまま沈黙していたが、やがて表情をやわらげると、今度はくっと喉《のど》を鳴らした。

「ゲルガランめ！」

そして彼は、とうとう声をあげて笑いだした。

使い魔にも水盤にも、してやられたのだ。彼らには、こうなることがはじめからわかっていたのだ。あの、麦わら色の髪と淡い空色の瞳をした、真面目《まじめ》で純粋な田舎娘《いなかむすめ》によって、彼は愛を知ることになるだろうと――

その日の午後、アドリエンヌが怪我人《けがにん》の様子を見に行くと、ベッドはもぬけの殻《から》だった。彼女はあわててあたりを見回し、ドナティアン・シャルルが窓辺にたたずんでいるのに気づいた。

「あの使者はどうしたの？」

「傷を癒《いや》して都に送りかえした。もう二度とわずらわせには来ぬだろう」

アドリエンヌは唖然《あぜん》とした。

「どうして！」

「弟が死んでも、まだ叔父《おじ》がいる。従兄弟《いとこ》もいる。わたしが城にもどる必要はない」

「まだそんなこと言って、意地を張るつもり？」

王子のあまりの強情さに、アドリエンヌは腹が立ってきた。父親と和解するチャンスを自らふいにしてしまうなんて、彼は本当に大馬鹿だ。

「意地ではない。父にはいずれ会いに行く。だが、都にはもどらぬというだけだ」

「でも、あなたのお父さんは、あなたに王になってほしいんでしょう？」

「それについて、そなたはどう思う？」

唐突《とうとつ》に意見を求められ、アドリエンヌは当惑した。王子がわたしの考えを知りたがるなんて、どうした風の吹き回しだろう？　それに、彼の瞳の奥に、どこか悪戯《いたずら》っぽい光が見え隠れしているようなのも気になる。

彼女は警戒して訊《き》きかえした。

「どうって？」

「わたしが王になったとして、みながよろこんで従うと思うか？　どうだ」

「……確かに、あなたって人望なさそうよね」

アドリエンヌは正直にこたえた。すると、王子は得たりとばかりに微笑《ほほえ》んだ。

「そういうことだ。わたしの性格については、そなたがいちばんよく知っていよう。わたしがもどれば、民が迷惑する」

アドリエンヌは、目を丸くした。

「あなた、どうかしちゃったの？」

「なぜ？」

「あなたみたいに傲慢《ごうまん》な人が、そんなにあっさり自分の欠点を認めるなんて」

ドナティアン・シャルルは小さく笑い、アドリエンヌに歩みよった。

「アドリエンヌ」

彼女はドキンとした。王子がちゃんと名前を呼んでくれたのは、これが初めてだった。

「そなたはわたしが愛を知らぬと言った。人を愛することを学ばなかったと。その通りだと認めよう。だが……だから、そなたに教えてほしいのだ」

アドリエンヌは今度こそ驚愕《きょうがく》した。自分の耳が信じられない。彼はなにを言っているのだろう？　まさか！　そんなこと、ありえない。

「息子は後回しでもかまわない。つまり……」

説明しようとして、王子は言いよどんだ。もどかしそうに毒づく。

「ああ、くそっ。こういうのをなんというのだ？」

アドリエンヌは、用心深く助け舟を出した。

「……わたしたち、恋人同士になるってこと？」

王子の眼差《まなざ》しが、じっとアドリエンヌに注がれた。

「いやか？」

「い、いいえ」

こんなこと、嘘よ。とても信じられない。ああ、だけど——

アドリエンヌの目にはすでに涙があふれ、胸には小さな希望が宿っていた。

「素敵な考えだわ」

ドナティアン・シャルルが両手を広げると、アドリエンヌはもう迷うことなく、彼の胸の中に飛びこんでいった。

ブランデージの魔法の城
魔王子さまと里帰りの顛末

プロローグ

それは、晩餐《ばんさん》の席でのことだった。アドリエンヌはドナティアン・シャルルとさしむかいで食事をとりながら、今日の午後から言いたくてたまらなかったことを、ようやく切りだした。

「わたし、とにかく一度、家にもどらなくちゃ」

それは当然の希望だったし、正当な要求ともいえた。アドリエンヌは誘拐《ゆうかい》されて王子の城に連れてこられたのだが、今はもう彼の囚《とら》われ人ではない。それに、家族はいまだ、彼女の身になにが起きたのかを知らないでいるのだ。一刻も早く家に帰って、自分は無事だと知らせたかった。ところが――

「ならぬ」

ドナティアン・シャルルは涼しい顔で、あっさりとその願いを退けた。アドリエンヌは戸惑い、食事の手を止めた。

「だって。父さんも母さんも、心配してると思うし……」

「手紙を書けばよい。ゲルガランか小鬼どもに届けさせよう」

「それだけじゃ、安心しないわよ！」

思わず声を荒げると、王子は気分を害したように片眉《かたまゆ》をあげた。

「なぜだ？　そなたはこのわたしのもとにいるのだ。なによりの保証ではないか」

だから心配するんじゃない。アドリエンヌは心の中で言い返した。ほんとにもう。ちっともわかってないのね。

いくら彼が王の息子だからといって、他人の娘を平気でかどわかすような男を、いったいどこの親が信用するというのだろう？　おまけに彼の名前には、〝父王に勘当《かんどう》された不良王子〟という、きわめて不名誉《ふめいよ》なレッテルが貼られている。しかも〝魔術師〟だなんて、たいていの人々にとっては、〝胡散臭《うさんくさ》い〟と同義語だ。

正直なところ、アドリエンヌは気が重かった。そんな相手に恋をしたなんて告白したら、きっと頭がおかしくなったと思われるに決まっている。それでも、話さないわけにはいかなかった。生まれてこの方、ずっと品行方正《ひんこうほうせい》で通してきた彼女には、家族になにも知らせないまま、自分勝手にこの城で暮らすという選択肢《し》はなかったのである。

「とにかく、帰らせて。家族に事情を説明したら、すぐにもどって来るって約束するわ」

しかし、そんな彼女の気も知らず、

「ならぬ」

やはり王子の返事はそっけない。アドリエンヌはテーブルの下で地団太《じだんだ》をふみたくなった。

「どうして!?」

「わたしがならぬと言ったら、ならぬのだ。そなたは黙って従えばよい。この話は今後一切《いっさい》、口にすることを禁じる。よいな」

ドナティアン・シャルルは頭ごなしにそう言いわたすと、さっさと食事を終わらせ、席を立って出て行ってしまった。

一人でテーブルに残されたアドリエンヌは、唖然《あぜん》とした。

信じられない。ドナティアン・シャルルが王の使者を追い払い、アドリエンヌに告白したのは、たった七時間前のことだ。誘拐されたときは横暴で鼻持ちならなかった王子も、今ではようやくやさしい気遣いを見せてくれるようになったと思っていたのに……彼女にとって当然の権利を口にしただけで、あっという間に傍若無人《ぼうじゃくぶじん》な専制君主《せんせいくんしゅ》に逆戻りしてしまった！

「よいわけあるもんですか！　待ちなさいよ、ドナティアン・シャルル！」

アドリエンヌはわれに返ると、王子の背中を追って食堂を飛び出した。

「どうして家に帰っちゃだめなの？　理由を言ってよ！　でないと絶対に納得できない！　わたしがこのまま黙ってひっこむと思ったら、大間違いですからね！」

すると、ドナティアン・シャルルは足を止め、苦々しい口調で言った。

「……そなたは、また逃げようというのではあるまいな？」

「なんですって？」

「そなたは油断がならぬ。家族に会うというのも、わたしから逃れるための方便ではないのか」

アドリエンヌは意表をつかれた。まさか、彼がまだそんなことを疑っていようとは、考えもしなかった。

そう、たしかに、アドリエンヌは王子を欺《あざむ》いて逃げたことがある。誰だってそうするだろう。見も知らぬ男に誘拐され、無理やり結婚させられそうになったとしたら。だが、あのときとはもう事情がちがう。

アドリエンヌは態度をやわらげ、やさしい声で言った。

「わたし、ここに残るって、ちゃんと言ったわ。あなたと一緒《いっしょ》にいるって」

それは、彼が強引な命令を撤回《てっかい》してくれたからだ。自分のことを子を産む道具としてではなく、一人の人間として愛してくれるのではないかという希望が芽生《めば》えたから。

世間からは誤解されているが、本当のドナティアン・シャルルはさびしい人だった。早くに母親を亡くし、肉親の愛情にめぐまれずに育った。そんな彼が、愛を教えて欲しいと言ったのだ。まず恋人になることからはじめたいと。ただの気まぐれかもしれない。それでも、アドリエンヌは彼を信じたいと思ったのだった。

「本当よ。でも、そのためには家族にきちんと説明する必要があるの。彼らも、わたしにとっては大切な人たちなのよ。ないがしろにはできないわ」

噛《か》んで含めるように言うと、王子はしばし黙りこみ、そして言った。

「では、わたしもついていこう」

「……は？」

「そなたの家族とやらに、わたしも会うと言っているのだ」

アドリエンヌは、ぽかんと口をあけた。が、やがて言葉の意味を理解すると、たちまち顔から血の気《け》がひいた。

「えええ————っっっ!?」

思いもかけない成り行きだった。

——いや、世間的な常識に照らせば、王子の思いつきはそれほどおかしなことではない。結婚を前提に付き合っている男女なら、互いの両親を紹介しあうのはむしろ当たり前で、礼儀《れいぎ》にもかなっている。しかし、あくまでそれは、分別《ふんべつ》あるまともな人々の間での話だ。これは自信をもって断言できるが、王子はそうではない。だから、よもや彼がそんな月並みなことを言いだそうとは、考えもしなかったのである。

アドリエンヌは、今さらながら冷や汗がでてきた。どうしよう？　こんな非常識な人を連れて村に帰ったら、とんでもないことになるんじゃ……

「なにをぐずぐずしている？　まいるぞ」

どうやら、王子は本気らしかった。しかも、即実行するつもりでいるらしい。

もう夜なのに？　とは思ったが、口にだすのはやめておいた。うっかり水をさすようなことを言って、また機嫌をそこねられたら面倒だ。

それから連れて行かれたのは、ふだん王子が魔法実験に使っている部屋だった。厳重に管理されているので、アドリエンヌが中に入るのはこれが初めてだ。

王子が指を鳴らすと、暗い室内に明かりがともった。アドリエンヌは興味津々《しんしん》であたりを見まわした。思ったよりも天井が高く、広々としている。壁際には棚《たな》や作業台があり、雑多なものが置かれていた。見たこともない文字が書かれた羊皮紙《ようひし》の束、粉や液体の入った何種類もの器、奇妙な形をした植物や鉱物《こうぶつ》の標本。何気なく視線をさまよわせているうち、彼女は床の上にも奇妙なものを見つけた。白墨《はくぼく》で、なにかの図形が描かれている。大きな円の内側に、三角を二つ重ねた星の形――

「……これはなに？」

「魔法陣だ」

ドナティアン・シャルルはそっけなくこたえ、その図形の真ん中に歩いていった。

「そなたもここに立て」

「どうして？　それより、城門はどこ？」

アドリエンヌはきょろきょろしながら訊いた。てっきり、王子がまた城の出口を移動させたのだと思っていたのに、この部屋のどこにもそれは見当たらない。

王子は、ふっと笑った。

「そんなものは不要だ。わたしにはな」

そして、彼は使い魔の名を呼んだ。

「ゲルガラン、そなたもまいれ」

すると、ばさばさと羽音がして、王子のカラスが飛んできた。いつものように、おとなしく主人の肩にとまる。

「そなたの故郷の村は、なんと申したかな」

王子はまたアドリエンヌに言った。

「ベルニー村よ」

「では、その場所を頭に思い描くがよい」

言われたとおり、アドリエンヌは故郷の景色を思い浮かべた。広い麦畑や水車小屋、牧草地を流れる小川や村はずれの森を。彼女の家は街道沿いにあった。小さな旅籠屋《はたごや》を営《いとな》んでいるのだ。木骨作りの素朴《そぼく》な二階建ての建物で、旅人の馬を世話する厩舎《きゅうしゃ》と家畜《かちく》小屋が隣にならんでいる。家族の顔も浮かんだ。父さんと母さんは元気かしら？　それから、妹のファニーにわんぱく盛りの弟たち……

王子が隣で呪文《じゅもん》を唱えはじめた。すると、次第にあたりが暗くぼやけてきて、アドリエンヌはひどい目眩《めまい》に襲われた。

アドリエンヌは、自分のまわりで世界がぐにゃぐにゃに歪《ゆが》み、濃密な空気が身にまとわりついてくるような不快さを感じた。だが、おそらくそれは数秒のことだったにちがいない。気がつくと、彼女は地面の上に立っていた。周囲は霧《きり》が晴れるように視界がひらけ、空に浮かぶ丸い月が地上を照らしている。そして——彼女は唖然《あぜん》とした。すぐ目の前に、自分の家があった。そこはまぎれもなく、彼女の生まれ故郷、ベルニー村だった。

ぼんやりとした月明かりのもとでも、彼女には、はっきりとそれがわかった。吹きわたる風の音も、木々の匂《にお》いも、なじみぶかい感覚のすべてが、これは幻ではないと告げている。

「う、嘘《うそ》でしょ？　こんな……こん……」

ショックのあまり、言葉がつづかなかった。本当は、こう叫びたかったのだ。

家に帰るのが、こんなにかんたんだったなんて！

高い城壁に登って降りられなくなったり、夜の森を延々とさ迷い歩いたり——城から逃げ出すために味わった、あのとんでもない苦労の数々は、いったいなんだったのか。

膝《ひざ》から力が抜けそうになったとき、

「……これはまた。ずいぶんとみすぼらしい屋敷もあったものだ」

隣でドナティアン・シャルルのつぶやく声が聞こえた。彼はさもめずらしそうに、アドリエンヌの家をしげしげと眺めていた。

「うちはお屋敷じゃありません。旅籠《はたごや》屋よ」

アドリエンヌはムッとして背筋をのばし、王子の言葉を正した。

「だとしても、みすぼらしいことに変わりはない。これでは、客はよりつくまいな」

「どういたしまして。おかげさまで、それなりに繁盛《はんじょう》してます」

すると、王子は疑わしげな表情を浮かべて、アドリエンヌを見た。

まったく、癪《しゃく》にさわる。彼が生まれ育った宮殿とくらべれば、どこだって見劣りして当たり前だ。それにわたしは貴族ですらないし、ただの平凡《へいぼん》な田舎娘《いなかむすめ》だってことは何度も言ったはず。いったい、なにを期待してたわけ？

アドリエンヌはつんと顎《あご》をしゃくり、あてつけがましく言った。

「でも、そうね。みすぼらしい我が家にはやんごとないご身分の王子様をおもてなしできる部屋はございませんから、もう帰っていただいてけっこうよ。ここまで送っていただいてありが――あっ！」

王子はアドリエンヌの憎まれ口を無視して、スタスタと戸口にむかった。もう夜も遅いから、戸締まりをすませた後だ。彼は軽く戸を叩き、よく通る声で呼ばわった。

「主人。主人はおらぬか」

しばらくすると、

「はい、ただいま」

中から声が返ってきて、閂《かんぬき》を動かす音がした。やがて戸口の隙間《すきま》から顔をのぞかせたのは、大柄な中年の男だった。アドリエンヌの父、ギョームだ。

「お泊まりでございま――」

言葉は、唐突《とうとつ》に途切れた。相手の風変わりな身なりに気づき、けげんそうな目をむける。

「――あなた様は？」

「そなたがアドリエンヌの父親か？」

ギョームはハッと目をみはり、飛びつくように反応した。

「あの娘をごぞんじなのですか!?」

アドリエンヌは、王子の背中からおずおずと顔をだした。

「父さん……」

「アドリエンヌ、おまえ！」

ギョームは飛び出してきて、アドリエンヌの肩をつかんだ。

「ぶ、無事だったのか！　いったい、今までどこにいたんだ？　みんな、どんなに心配したと思ってるんだ？　母さんなんぞ、おまえを探して探して、とうとう寝込んじまったんだぞ！」

アドリエンヌは、説明しようとして躊躇《ちゅうちょ》した。隣にいる男にさらわれたなどと言ったら、まず間違いなく、父はカッとなって王子に殴《なぐ》りかかるだろう。しかし、かといって穏便《おんびん》な言葉など思いつかない。

アドリエンヌは王子を横目で制しながら、小さな声でぼそぼそと言った。

「くわしいことは後でゆっくり話すわ。実は、ちょっと、えーと……事故？　みたいなことがあって……」

「事故？　どういうことだ、それは。どこか怪我《けが》をしたのか？」

すると、ギョームはますますびっくりして、アドリエンヌの全身をくまなく眺めまわした。

アドリエンヌは、あわてて手をふった。

「あ、ちがうの。わたしは無事よ。怪我なんかしてないわ。そうじゃなくて、あのね――」

すると、王子が例の尊大な態度で話に割りこんできた。

「そなたの娘に用があったので、わたしが城に呼びよせた。悪く思うな」

「――は？」

ギョームはふたたび未知の訪問者の存在を思い出し、彼のほうに顔をむけた。

「あのう、失礼ですが、あなた様は――？」

ふたたび王子が口をひらく前に、アドリエンヌは急いで言った。

「信じられないかもしれないけど、心を落ち着けて聞いてね。彼は、あの、実は――」

王子は焦《じ》れたように眉《まゆ》をひそめた。

「なにをくだくだと。わたしはドナティアン・シャルルだ」

「ドナティア……」

ギョームは口の中でくりかえし、そして突然、目をむいて叫んだ。

「王子っっっ!?」

「そういうことだ。さて、主人。わたしが今夜ここにまいったのは、そなたの娘を妻にもらいうけるためである。異存はなかろうな?」

ギョームは目をしばたたいた。あまりにも唐突《とうとつ》かつ突拍子《とっぴょうし》がなさすぎて、状況をつかみかねているのだと、アドリエンヌにはわかった。無理もない。王子の身勝手な思考回路についていける者がいたら、よっぽどの変人だ。

しょうがないので、アドリエンヌは小声で助け舟をだした。

「あとでゆっくり説明するから。それより、王子の泊まる部屋はある?」

それを聞いて、ギョームはたじろいだ。

「あるわけないだろ! いや、も、もちろん空いた部屋はあるが――しかしい、いくらなんでも、王子をうちにお泊めするなんて――」

すると、ドナティアン・シャルルがまた無頓着《むとんちゃく》そうに口をはさんだ。

「かまわぬ。みすぼらしいのは先刻承知だ」

アドリエンヌは王子をにらみつけ、わざとらしい口調で言った。

「まあ。なんてもったいないお言葉でしょう。高貴な王子様はああおっしゃっているわ。いいから、どこでも適当な部屋をみつくろってちょうだい」

ギョームは「本当にいいのか？」と何度もくりかえしながら、王子を二階のいちばん上等な部屋に案内した。家具は簡素なベッドにテーブルと椅子《いす》が一揃《ひとそろ》いあるだけだが、ほかよりも間取りが広くて日当たりがいいし、窓からはベルニー村の美しい景色を楽しむこともできる。今は夜の帳《とばり》が自慢の眺望《ちょうぼう》を隠しているのが、アドリエンヌには残念だった。

だが、たとえ今が昼だったとしても、王子がそれをありがたがったかどうかは疑わしい。彼は部屋の中を見まわすと、またもや遠慮《えんりょ》のない感想を口にした。

「そなたの家族はよほど困窮《こんきゅう》していると見える」

アドリエンヌはムッとして言い返そうとしたが、そのとき、どたどたと騒々しい足音が聞こえてきて、会話は中断された。しばらくすると、扉がこっそりとひらき、細い隙間《すきま》から六つの丸い目がのぞいた。

「すげっ！　本物の王子!?」

「あの魔法使いの？　嘘《うそ》！」

「どうして姉さんと一緒《いっしょ》に来たの？」

次男のマックス、そして末っ子の双子《ふたご》リュックとルイだった。年は十二歳と九歳。わんぱく盛りで手におえない年ごろだ。アドリエンヌのすぐ下、長男で今年十六歳のジャンは、隣町の大工《だいく》の親方のところに徒弟奉公《とていぼうこう》に出ていて、昨年から留守《るす》にしていた。

「こらっ！　お行儀《ぎょうぎ》が悪いわよ」

アドリエンヌはつかつかと戸口に歩みより、弟たちの前に立ちふさがった。

「お客様の部屋をのぞくんじゃありません。それに、もう寝る時間でしょ？　さっさと歯を磨《みが》いて、ベッドに入りなさい」

追い立てられて部屋にむかいながらも、マックスは食い下がった。

「だって！　アディ、今までどこにいたのさ？　みんな心配したんだぞ」

「それは、明日ゆっくり話すわ。いいから、今夜は自分たちの部屋にもどりなさい」

問答無用《もんどうむよう》で弟たちを追い払い、アドリエンヌはやれやれときびすを返した。すると、

「アドリエンヌ、おまえなの？」

階下から声がした。母のアガートだ。

「母さん！」

アドリエンヌは急いで階段を駆け下り、待っていた母に抱きついた。

「よく顔を見せてちょうだい。本当におまえなのね？　夢じゃないわね？」

そう言って頬《ほお》にふれてきた母の手は、ふるえていた。顔はすっかりやつれていて、おまけに

寝巻き姿だった。では、寝込んでいたというのは本当だったのだ。どれほどの心労をかけていたのか、今さらながらに思い知り、アドリエンヌは涙がこぼれそうになった。

「心配かけて、ごめんなさい。どうにかして連絡したかったんだけど……」

「お父さんが、信じられないことを言うのよ。おまえが王子を連れてきたって。いったい、なにがあったの？」

ついに、来るべきときが来た。アドリエンヌは気持ちをひきしめた。

「今から説明するわ」


三十分後、居間でアドリエンヌの話を聞いた両親は、茫然自失《ぼうぜんじしつ》していた。娘の身に起きたことは、彼らの想像の範疇《はんちゅう》をはるかに超えていたのだ。

アドリエンヌはなに一つ隠しだてしなかった。すべてを正直に話した。王子に誘拐《ゆうかい》されたこと、結婚を強要されたこと、そもそもの彼の目的、城に囚《とら》われて逃げるに逃げられなかったことも。だが、両親にとって最悪の部分は、これからだった。不幸な出会いはもはや過去のものでしかなく、今では互いに惹《ひ》かれあっていること、そして、家を出て彼と一緒に暮らしたいと告げると、彼らの顔はますます凍りついた。

アドリエンヌは、さすがに罪悪感をおぼえた。死ぬほど心配をかけた上に、こんなことを言い出すなんて、自分でも親不孝だと思う。だが、どうしてもわかってほしかった。

やがて、ギョームはどうにか自分をとりもどすと、眉間《みけん》に深いしわをよせて言った。

「おまえが家出するなんて、もちろんわしは思わなかったがな。しかし、まさか誘拐《ゆうかい》されていたなんて……」

するとアガートも心配そうに言った。

「そんな人と婚約なんて、正気なの？　第一、身分ちがいにもほどがありますよ」

「でも、彼はもうお世継《よつ》ぎじゃないのよ」

アドリエンヌは言い訳がましくかえした。

「今の身分はふつうの人と同じよ。ええと……確かにちょっと、人より変わってるところはあるけど」

すると、ギョームはずいと身をのりだしてきた。

「それだよ！　今は王子の身分を剥奪《はくだつ》されているかもしれんが、そもそもそうなった理由を、おまえだって知らんわけじゃあるまい？　人の生き血をすすったり、罪人の遺体を掘り出して骨ごとバリバリ喰っちまうような男――」

「してません！」

アドリエンヌは即座にきっぱり否定した。

だが、二人はまったく信じていない顔だ。

これも予期していたこととはいえ、やはりため息がでてしまう。

そうなのだ。世間の多くは、王子をそんな人間だと思いこんでいる。彼は人の道をふみはずした悪魔——怪物も同然の人間だと。自分がどんなふうに噂《うわさ》されているか、知らずにいるのは本人だけだ。もっとも、傲慢《ごうまん》な彼のこと、知ったとしてもはなから馬鹿にして、気にもとめないだろうが。

世継ぎでありながら違法な魔術に手を染め、父王に勘当《かんどう》されたのは本当だ。しかし、そうなった根本的な原因は、親子間の感情のすれ違いにあった。

ドナティアン・シャルルは血のかよった人間だった。傷つきもするし、やさしい感情だってもっている。それがわかった今、アドリエンヌはどうしても、それをみんなに知ってほしかった。世間の思いこみを払拭《ふっしょく》するのは、自分一人の力ではどうしようもないかもしれない。だが、家族にだけは誤解されたくない。

「本当よ。それは世間が流したデマにすぎないわ。わかるでしょ？　みんな面白半分に勝手な話をつくって噂するのよ。話をしてみれば、まともな人だってわかるはずよ」

すると、両親はそろって片眉をあげ、互いに目を見交わした。口には出さずとも、なにより も雄弁な彼らの表情はこう語っていた。

——まともも？

アドリエンヌは、決まりが悪くなった。たしかに、いくらなんでも弁護が過ぎたかもしれない。彼女を誘拐した王子の行動がまともなら、ロバだって二本足で歩くはずだ。

「……ええと。それはまあ、確かに、あんなに偉そうで自分勝手で鼻持ちならない人だけど。でも、少しはやさしいところだってあるんだから」

二人は同時にため息をつき、首を左右にふった。

——やれやれ……

「本当だってば！　わたしを信じて！」

すると、長い沈黙のあとで、ギョームがやっと口をひらいた。

「……うーん。まあ、おまえがそう言うなら、あるいはそうなのかもしれん。とにかく、王子とも一度ゆっくり話をしてみんことにはな」

すると、アガートもしぶしぶうなずいた。

「そうね。とにかく、あなたを無事に帰してくださったことは事実なんだし。本当は、信頼できる方なのかもしれないわ」

積極的な支持ではなかったが、今のアドリエンヌにはそれで十分だった。強硬に反対されたときは、家出も辞さない覚悟だったのだ。

アドリエンヌはホッとし、心から両親に感謝した。

「ありがとう」

説明責任を果たしたアドリエンヌは、肩の荷をおろした気分で、両親におやすみなさいを言った。その後、足は自然とドナティアン・シャルルの客室にむかった。寝る前に様子を見に行こうと思ったのだ。しかし、もう真夜中を過ぎていることに気づいて、躊躇《ちゅうちょ》した。こんな時間に男性を訪ねるなんてはしたないことだし、第一、彼はもう休んでいるかもしれない。それで、結局はノックをせずに扉の前を素通りし、階段をのぼっていった。

子供たちの寝室は屋根裏にあった。二部屋に仕切られていて、広い方を弟たちが、もう一方をアドリエンヌと二つ年下の妹が一緒《いっしょ》に使っている。久しぶりで自分のベッドにもどると、その妹――ファニーが起きて待ちかまえていた。

アドリエンヌは、しまった、と思った。こんな興味深い状況に、ファニーが首をつっこんでこないはずがなかったのだ。とっさに身構え、質問攻めにそなえたが、どうやら彼女は、すでに両親との会話を盗み聞きしていたらしい。

「姉さんが面食いだなんて、ぜんぜん知らなかったわ」

からかうように言われて、アドリエンヌはムッとした。ファニーじゃあるまいし、そんな軽薄な人間だと決めつけられるのは心外だ。

「わたしは面食いじゃありません」

つんとして言い返すと、ファニーは愉快《ゆかい》そうに笑った。

「嘘《うそ》ばっかり。王子を見たら、誰だって思うわよ。あ、顔に騙《だま》されたなって」

アドリエンヌは、ますます憤慨《ふんがい》した。

「わたしは騙されてもいないわ！」

「じゃあ、どこがよくて？　もちろん生まれはいいけど、追放されて無一文《むいちもん》のはずよね。あっ、そうか！　魔法でお金がざっくざく？」

「彼はそんなことしてません！」

思わず声を荒げたあと、アドリエンヌはハッとわれにかえった。むきになりすぎたことに気づいて赤くなり、咳払《せきばら》いでごまかす。

わたしったら。これじゃあ、ファニーの思うつぼだわ。

アドリエンヌは、慎重に言葉を選びながらつづけた。

「外見やお金なんて関係ないわ。つまり……大切なのは、信頼関係を築けるかどうかってことだもの。その……彼はわたしのこと、わかってくれるの。どうしてだか、理解してくれるのよ。それで……わたしも彼をわかってあげたいと思うの」

ぎこちなく説明しながら、アドリエンヌは自分で自分にうんざりした。言葉って、どうしてこんなにもどかしいんだろう？　心で感じることの十分の一も伝えられない。

「……ふうん。本気なんだ？」

ファニーはアドリエンヌの顔をのぞきこみ、ニヤリと笑った。

「意外。姉さんって、もっとお固くって退屈な人と結婚するんだと思ってた。でも、王子は退屈どころじゃないわね。すっごく刺激的！」

ファニーは両手をこすり合わせると、踊るような足どりで部屋の中を跳ねてまわった。

「ああ、わくわくしちゃう！　未来の義兄が王子で魔術師だなんて、最高じゃない？　感謝するわよ、姉さん。面白くなりそう」

アドリエンヌはギョッとし、あわてて釘《くぎ》を刺した。

「ファニー！　ヘンなイタズラはよしてよ？　あの人、常識も冗談も通じないんだから！」

この妹ときたら、面白そうなことは決して見逃さないし、自分が楽しむためならどんなとんでもないことでも平気でやってのけるのだから、油断がならない。

「しないしない。わたしを信じてよ。妹でしょ？」

ファニーは気楽そうに片手をふり、自分のベッドに飛びこんだ。

それが信じられないから、言ってるんじゃないの——っ!!

2

翌朝、アドリエンヌは夜明けとともに、ぱちっと目を覚ました。どんなに疲れていても、寝不足のときですら、そうなってしまう。子供のときからの習慣で、彼女は家でいちばん早起きだった。ところが、起き上がって隣を見ると、妹のベッドはすでにもぬけの殻《から》だ。

思わず、わが目を疑った。いつも寝坊のファニーが先に起きてるなんて、赤い雪でも降るんじゃないかしら。

だが、自分がいない間は、おそらく妹が家事を手伝ってくれていたのだろう。母は寝込んでいたらしいから、きっとたいへんだったはず。そう思うと、感謝したい気持ちになった。彼女も少しは成長したのかもしれない。

ところが、身支度《みじたく》をすませて調理場に行っても、そこにファニーはいなかった。

だとすると、こんなに早くから、いったいどこに行ったのかしら?

アドリエンヌは首をかしげ、あてがはずれた気分で朝食の支度をはじめた。

自分で料理をするのは久しぶりだった。城ではなにもかも召使たちがやってくれるから、彼女は指一本、動かす必要がない。だが、実のところは、そんな生活に退屈しはじめていたのだ。また、こうして腕をふるえるのがうれしかった。

母はまだ体調が万全ではないだろうから、起こすのは厳禁《げんきん》。さて、うちの食事が王子の口にあえばいいけど——

念のため父に確認しておいたが、王子のほかに泊まり客はいなかった。毎年、晩秋から春先にかけては、いつもこうだ。冬になると村は雪に閉ざされてしまうから、旅人の姿はぱったり途絶える。今はそれが幸いした。わがまま王子の世話だけで手一杯だし、誰彼かまわず威張《いば》り散らされては迷惑だからだ。

アドリエンヌはかまどに火を入れ、愛用のフライパンを手にとった。そして、絶句した。

底に穴があいている。

「ファニーの仕業《しわざ》ね……？」

妹の料理下手《べた》はよく知っているが、いったい、なにをどうすればフライパンに穴をあけることなどできるのか、さっぱりわからない。ほかの鍋《なべ》で代用しようと見てみると、今度はどれもこれも煤《すす》で真っ黒になっていた。それだけではない。鍋の木蓋《きぶた》は燃えて半分がなくなり、包丁はどれも刃こぼれしていて、鉄の焼き串《ぐし》は折れ曲がっている。

アドリエンヌは頭をかかえた。人が日ごろから大切に手入れしているものを、よくもやってくれるものだ……。

そのとき、背後で足音が聞こえた。やっとファニーのご到来だわ。

「おはよう、ファニー。このフライパンだけど——」

さっそく詰問《きつもん》しようとふりかえり、アドリエンヌはあんぐりと口をあけた。

調理場に入ってきた妹は、信じられないほど派手に着飾っていた。貴婦人の身につけるような頭飾りに、金糸刺繡《きんししししゅう》をほどこしたマラカイトグリーンのドレス、そして耳にも首にも大きなダイヤとエメラルドがぶらさがり、頭のてっぺんから足の先まで、これでもかというくらいキラキラ輝いている。おまけに、ファニーはくるくる巻いたくせのある赤毛で、生まれつき顔立ちも派手だから、相乗効果で目立つといったらない。まるで孔雀《くじゃく》だ。

「見て見て、姉さん！　すごいでしょ？　これ、本物の宝石よ！」

ファニーは息を弾ませ、自慢げに首飾りを見せびらかした。

「……それ、どうしたの？」

だが、返事は聞くまでもなく見当がついていた。案《あん》の定《じょう》、ファニーはこたえた。

「王子よ。彼が魔法使いだって噂《うわさ》、本当だったのね。あんなの初めて見ちゃった！　ぱちんと指を鳴らすだけで、なんでも出てくるんだから。すごいわ！」

アドリエンヌは、苦々しい顔つきになった。

「王子におねだりしたのね？　もうっ、なんてことを！」

すると、今度は階上で弟たちが騒いでいるのが聞こえた。どたどたと跳ねまわる足音や、悲

鳴とも歓声ともつかない大声が家中に響いている。アドリエンヌは、何事かと厨房《ちゅうぼう》を飛び出した。階段を一気に駆けあがり、廊下《ろうか》の角を曲がったとたん――

アドリエンヌは、なにか弾力のあるものにぶつかって跳ね返された。床の上に尻もちをついた彼女は、次の瞬間、目玉が飛び出しそうになった。そこには、廊下を完全にふさいでしまうほどの巨大なケーキが、でん！　と鎮座《ちんざ》していたのだ。しっとりとかたく焼き上げられたスポンジに、贅沢《ぜいたく》な砂糖衣がたっぷりとかかっていて、そこら中に甘ったるい香りを放っている。

「なによ、これっ⁉」

動揺《どうよう》のあまり、声がヒステリックに裏返った。

「王子だよ」

マックスが口いっぱいにケーキを頬張《ほおば》りながら言った。

「欲しいって言ったら、魔法で出してくれたんだ」

すると、べとべとの砂糖衣の上で跳ねていたリュックも、満面の笑みで言った。

「姉さんも食べなよ。すっごくおいしいよ」

ルイは、スポンジにトンネルを掘って頭をつっこんでいた。中から熱心にほじりだしていたのは、干しぶどうだ。それもまたりんごサイズに巨大化していた。

アドリエンヌはよろよろと立ち上がり、深呼吸をした。そうして、ようやく気を落ち着けると、断固たる口調で言った。

「今すぐ、食べるのをやめなさい。これは王子に言って消してもらいます」

するとマックスが反抗的に口をとがらせた。

「なんでさあ？　アディには関係ないだろ」

リュックもふくれる。

「王子は食べていいって言ったもん」

「問答無用。こら、ルイ！　今ポケットに突っこんだものを出しなさい！　リュック、あなたもよ！　もうっ。虫歯だらけになっても知りませんからね」

「平気だよ。そしたら、王子に魔法で治してもらうもん」

アドリエンヌがギロリとにらむと、ルイはぴたりと口を閉じた。

「この家で魔法は禁止よ。絶対禁止！　王子に一言、言ってやらなくちゃ」

憤然《ふんぜん》として巨大ケーキに背をむけると、今度は前方から軽《かろ》やかな足音が近づいてきた。やってきたのは、母のアガートだ。ちょうどいい、弟たちをこっぴどく叱《しか》ってもらわなくては。そう思って声をかけようとしたが、その口はあいたままふさがらなくなった。

いつもの母ではなかった。なぜか村祭りのときの一張羅《いっちょうら》を着ていて、しかも――

「まあ、アドリエンヌ！　ねえねえ、見てちょうだい！」

しかも、異常にはしゃいでいた。アガートは娘の姿を見つけるなり、弾《はず》むような足どりで駆けよってきた。

「どうお？　十年前のお洋服が入ったのよ。ほらあっ！」

そう言って、アガートはスカートのはしをつまみ、くるりとその場でまわってみせた。

アドリエンヌは、唖然《あぜん》とした。

――やせた？　いや、ちがう。若返っている！　もう四十に近いはずの母が、今は二十代にしか見えない。

「母さん……どうしたの？」

本当は、聞きたくなかった。とてつもなくいやな予感がした。

「うふふ。王子様よ。なんて気前のいい方なんでしょう。本当はね、娘時代にもどしてくださるっておっしゃったんだけど、それじゃあ、あなたたちの母親に見えないものねえ。だから、十年分の若返りの魔法を――」

「王子が母さんに魔法を使ったの!?」

ショックで、くらくらと目眩《めまい》がした。ドレスやお菓子を出すくらいならまだしも、母に魔法をかけるなんて！

そのとき、

「ただいま！」

階下から父の声がした。たった今、釣りから帰ってきたのだ。それはギョームの趣味の一つで、朝の日課でもあった。

アドリエンヌは、救いの神とばかり、ギョームを迎えに走った。こうなったら、たのみの綱《つな》は一家の大黒柱《だいこくばしら》である父だけだ。

「父さん！　聞いてよ、母さんが――」

アドリエンヌの訴えは、ギョームの浮かれた声で吹き飛ばされた。

「見ろ見ろ、今日の釣果《ちょうか》を！　大漁だぞ！」

ギョームは上機嫌で釣った魚を見せびらかした。彼がもちあげた魚籠《びく》からは、太ったマスがあふれそうになっていた。入りきれずに飛び出した尻尾《しっぽ》が、まだビチビチと跳ねている。

「王子が魔法の釣竿《つりざお》をくださったんだ。いやもう、その効き目たるや、すごいのなんの。信じられるか？　エサもつけとらんのに、糸をたらしただけで、わんさと魚がかかるんだぞ。そばで釣りをしていた連中も、みんな目を丸くしてたな」

そのときの様子が、よっぽどおかしかったのだろう。ギョームは声をあげて笑いだした。

「あー、こんなに愉快《ゆかい》だったのは久しぶりだ！　母さんもアディも覚悟しろよ？　今夜はうんざりするほどのマス三昧《ざんまい》だぞ。はっはあ！」

そして、ギョームはスキップをしながら調理場に消えていった。

アドリエンヌは愕然《がくぜん》として、その背中を見送った。

「……父さんや母さんまでファニー化してどうするのよ？　ふ、分別《ふんべつ》はどこに行っちゃったの？　まさか、二人があんなにお調子者だったなんて！」

家族がドナティアン・シャルルのことをどう思うか、アドリエンヌはずっと心配だった。だが、まさか彼が来たとたんに家中が浮かれだすなんて、考えもしなかった。

「ドナティアン・シャルル！　いったい、どういうつもり!?」

アドリエンヌは、即座に王子の部屋に怒鳴《どな》りこんだ。そして、ハッと足を止めた。

呆《あき》れたことに、王子は自分の泊まっている客室まですっかり変えてしまっていた。というより、そこは城にある彼の居間そのものだった。いったいどんな魔法を使ったのか、寄木細工《よせぎざいく》の床は黒いタイルへと変わり、異国的な模様の絨毯《じゅうたん》が敷かれている。樫《かし》の木の小さなテーブルと椅子《いす》はどこかに消えうせ、青い絹張《きぬば》りの長椅子と肘《ひじ》掛け椅子がそれらにとって代わっていた。

ドナティアン・シャルルは優雅な姿勢でその長椅子に腰を下ろし、分厚《ぶあつ》い書物を膝《ひざ》の上に広げていた。そして、アドリエンヌの剣幕にいささかも動じることなく、ちらりと目を上げると、書物を閉じた。

「どうとは？」

アドリエンヌはわれにかえり、そもそもの用件を思い出した。

「ファニーや弟たちに物をやったり、母さんに魔法をかけたりしたことよ！」

「そなたの家族だから、特別に願いを聞きとどけてやったのだ。なにが不満だ？」

「お気持ちはありがたいけど、けっこうよ！　魔法をみんな取り消して！　そして、二度としないでちょうだい！」

王子は不可解そうに、片方の眉《まゆ》を吊り上げた。

「なぜ？」

アドリエンヌは両手を腰にあて、気を静めるために一つ息を吐いた。王子は育ちがちがうのだから、庶民の常識は通用しない。嚙《か》んで含めるように説明しないと、理解できないのだ。

ほんとにもう。なんて厄介《やっかい》なのかしら。弟がもう一人増えたみたい。

「欲しいものがみんなかんたんに手に入るなんて、よくないわ。とくに子供には深刻な悪影響をおよぼすからよ」

だが、王子はアドリエンヌの抗議を真面目《まじめ》に受けとめるつもりはないようだ。気のない様子で横をむいた。

「悪影響？　さて、なんのことやら」

アドリエンヌはいらだち、むきになって人差し指をふりたてた。

「いい？　人はみんな、我慢をおぼえることで成長するの。あるいは、欲しいものを得るために努力することでね。なのに、それをあなたがあっさり叶えてしまったら、彼らは貴重な経験の機会を奪われることになるのよ」

「しかし、当人たちがその苦労を望まぬとしたら？　余計なお節介《せっかい》になるではないか」

「この場合、**お節介はあなた**のほうです！」

かぶせかけるように大声を張り上げると、唐突《とうとつ》に沈黙が訪れた。アドリエンヌは急に気まずくなり、態度をやわらげた。

「……ごめんなさい。あなたばかりを責められないのはわかっているの。どうせ、ファニーが最初におねだりしたんでしょ？　ほんとにもう。わが妹ながら、図々《ずうずう》しいんだから」

王子は、かすかに微笑《ほほえ》んだ。

「女はあれがふつうだ。そなたが変わっているのだ」

アドリエンヌは、信じられないと言いたげに王子を見た。

「わたしが？　ご冗談でしょ。わたしはごくごく平凡《へいぼん》な人間よ。変わってるのはファニーのほう。昔からそうなの」

「そなたが自覚していようがいまいが、事実は事実だ。ところで――」

王子は肘掛《ひじかけ》に頬杖《ほおづえ》をつき、緑の瞳をいたずらっぽく輝かせた。

「そなたはこれまで一度もなにかを欲しがったことはないな。以前に贈ったドレスも気に入らぬようだし、願い事もせぬ。なぜだ？」

じっと顔を見つめられて、アドリエンヌはどぎまぎしてしまった。

「必要ないからよ。お願いすることなんてないもの」

「しかし、そなたにも望みはあろう」

望み？　それは、確かにある。ドナティアン・シャルルに愛されること。彼はアドリエンヌに愛を教えて欲しいと言ったが、それは愛しているということではないからだ。

彼が本当に愛を知ったら、いったいどうなるのかしら？　王子の前でそんなことを考えていると、だんだん顔が熱くなってきた。

「べつに、ないわ」

アドリエンヌはこたえ、頭の中の考えを急いでふりはらった。だが、王子にはすでに表情を読まれてしまったようだ。

「ふむ。あるにはあるのだな」

「ありませんったら！」

むきになって否定すると、王子は苦笑した。

「まあよい。無理に聞きだそうとはせぬ。そなたの強情は知っているからな」

とはいえ、ドナティアン・シャルルは答えをあきらめたわけではなかった。そもそも、あきらめるなどというのは彼の流儀《りゅうぎ》ではない。アドリエンヌから聞きだすのはやめた、というだけのことだ。情報源ならほかにもあった。なにしろ、今や彼女をもっともよく知る人々に囲まれているのだから。

アドリエンヌの家族と近づきになるのは、わけもない仕事だった。彼らは昨夜から王子に興味津々《しんしん》で、なんとかしてそばに近づこうと機会をうかがっていたからだ。

勇敢《ゆうかん》にも先陣を切ったのはファニーだった。彼女は王子が目を覚ます前から早々にやってきて、顔を洗う水とタオルを恭《うやうや》しくさしだした。すると、今度は弟たちが一斉になだれこみ、鎧戸《よろいど》を開けたり、暖炉《だんろ》の薪《たきぎ》をつぎたしたり、とるにたらない雑用を三人で奪いあった。その次は母親だ。子供たちのあとからおずおずと姿を見せ、アドリエンヌを無事に返してくれた礼を言った。

わずらわしいので追い払いたかったが、それにはさっさと彼らの好奇心と欲望を満たしてやるのが一番だとわかっていた。かつて父の宮廷で、軽薄な女たち相手に学んだことだ。そしてそれは、ここでも通用すると実証済みだった。実は、アドリエンヌの父親は昨夜のうちに王子の部屋を訪れていて、魔法の釣竿《つりざお》一本で、すっかり態度を変えてしまったからだ。それまでは、娘を誘拐《ゆうかい》した事実を非難するつもりだったらしく、なんとも険しい顔をしていたのだが。

こうして、王子は意図せずして家族全員と面談し、最後はアドリエンヌに怒鳴《どな》りこまれた、というわけだった。

思い出すと、今でも笑いがもれる。頑固《がんこ》な堅物《かたぶつ》で礼儀《れいぎ》を重んじるアドリエンヌが、一人で奮闘しているのがなんともおかしかった。おそらく彼女は、いつでもやせ我慢をして、家族の希望を優先させてきたにちがいない。そんな彼女にこそ、贈り物の一つもしてやりたくなるではないか。

彼女をよろこばせてみたかった。遠慮《えんりょ》も気兼ねもとりはらい、彼女が心からよろこぶ顔を見てみたい。

とはいえ、その方法はというと、さっぱり見当がつかなかった。前にドレスを贈ったことがあるが、ふつうの女がよろこぶようなものは、かえって彼女を萎縮《いしゅく》させてしまうらしい。

「そなたにはわかるか？　ゲルガラン」

王子が問うと、出窓にとまっていたカラスは首をかしげ、カアと鳴いた。

「そうか。そなたにもわからぬか……」

王子はしばし考え、結論した。

「やはり、ここは誰かの知恵を借りねばなるまい」


その機会は、すぐにやってきた。しばらくするとノックの音がして、マックスと双子《ふたご》が朝食をのせた盆を運んできたのだ。実は、その役目を真っ先に志願したのはファニーだったのだが、彼女はアドリエンヌから鍋《なべ》の煤《すす》落としを命じられたため、希望が叶わなかったらしい。

「ファニー姉さんは、見張ってないとすぐどこかに行っちゃうんだ。だから、アディ姉さんが監視《かんし》してるんだよ」

アドリエンヌが自分で来ない理由を、マックスがそう説明した。

「さもありなん」

王子は気のない口調でつぶやくと、カリカリに焼けたベーコンをめずらしげにフォークで突き刺しながら、「ところで――」と切りだした。

「そなたらは、アドリエンヌの欲しいものを知らぬか。贈り物をしようと思うのだが、なにならばよろこぶと思う?」

「姉さんの欲しいもの? さあ、なんだろ」

マックスは予期せぬ質問に戸惑い、首をひねった。

「……うーん。そういえば、聞いたことがないなあ」

すると、弟のリュックが横から口をはさんできた。

「好物なら知ってるよ。スグリのパイ」

「それはおまえの好物だろ。それをいうなら、アディが好きなのは干し杏《あんず》だ」

マックスが言い返すと、

「ちがうよ。焼きリンゴのほうが好きだよ、きっと」

今度はルイが言った。

ドナティアン・シャルルは顔をしかめた。

「そなたらは、とんだ役立たずだな。先刻あたえたものは返してもらわねばなるまい」

すると、弟たちは一斉に不平を鳴らした。

「そんなあ!」

巨大ケーキは食べそこなった三人だったが、しかし、彼らはほかにも、ちゃっかり王子から贈り物をせしめていた。マックスはよく切れる本物の短剣、リュックは銀色の鎧《よろい》をつけた騎士の人形、ルイは七色に輝くトカゲだ。もちろん、アドリエンヌに知れればこれも没収《ぼっしゅう》されるに決まっているから、この件は秘密にしておくことで全員が了解していた。

「わかった！　ちゃんと調べとくから、とりあげないでよ！」

マックスはあわてて言った。

「ぼくら、アディ姉さんのことなら、誰よりもよくわかってるんだから！　ほんとだよ！」

すると、リュックとルイも急いで同調した。

「姉さんは、ぼくらにはなんでも話してくれるもん！」

「でも、知りたいのは王子だって、黙っとくから！」

口々に言い立てられて、王子は折れた。

「よし、では猶予《ゆうよ》をやろう。三名とも、しかと申し付けたぞ」

彼らはホッとし、調子よく声を合わせた。

「はいはい。ぼくたち、確かに申し付けられました！」

3

王子には自信満々で請《う》け合《あ》ったものの、さて心当たりはというと、実はマックスにはなにもなかった。アドリエンヌはみんなの好物や好きなものをちゃんと心得ていて、誕生日などの特別な日には心遣いをしてくれる。しかし、反対になにをすればよろこんでもらえるかとなると、まるで見当がつかない。ファニーはしょっちゅう、あれが欲しいこれが欲しいと口にしているが、アドリエンヌがその手の話をしているところなど、これまで一度も聞いたことがないからだ。

「アディがよろこぶものって、なんだろ？」

マックスが腕組みをして考えこむと、

「ぼくらがお行儀《ぎょうぎ》よくしてたら、満足そうだよ」

リュックが言った。

「馬鹿、そういう問題じゃない」

「だけど王子は、どうしてそんなこと知りたいの？」

あらためて不思議がるルイに、マックスはふんと鼻を鳴らした。

「決まってるだろ。王子はアディの機嫌をとろうとしてるんだ」

すると、双子《ふたご》はそろって目を丸くした。

「ええっ？　どうして？」

「王子もアディ姉さんに叱《しか》られたの？」

弟たちの幼い反応に、マックスは呆《あき》れた。

「ちがうって。ほんとにガキだな、おまえら」

男が女に贈り物をするということの意味が、まったくわかっていない。

だが、実を言うとマックスにも、王子の真意が完全に理解できているわけではなかった。

だって、なぜアドリエンヌなのだろう？

王子はもともと、王様の次にえらい身分だったのだ。お城では贅沢三昧《ぜいたくざんまい》していて、まわりには貴族や金持ちの令嬢《れいじょう》がたくさんいたはずだ。姉のことを悪く言いたくはないが、それにくらべれば、アドリエンヌはどう考えても平凡《へいぼん》すぎる。

不美人だというのではなかった。身内のひいき目を抜きにしても、たぶん、よく見ればそれなりにかわいいほうだとは思う。だが、人目をひくタイプでは全然ないし、その点ではファニーのほうが華《はな》やかな顔立ちだ。

それはたしかに、料理はうまい。掃除《そうじ》も洗濯《せんたく》もテキパキこなす。だけど――

頭は固いし、冗談は通じないし、ちょっと悪ふざけをしただけで、すぐに目をむいて怒りだす。はっきり言って、ガミガミ屋だ。

もっとも、ファニーの意見によれば、だから王子の目には新鮮に映るのだろうということだった。だって考えてもごらんなさい、と彼女は言うのだ。よりによってあの王子をいたずら坊主《ぼうず》あつかいしてお説教するような人、他にいる？　わが姉ながら呆《あき》れるわよ。相手を誰だと思ってるのかしら？　でも、王子はそういうの、逆に楽しんでるんだと思うわ。

楽しい？　アディの説教が？

ファニーのせいで、マックスはますますわけがわからなくなってしまった。

王子って、絶対に変わってるよな。あのジョリィだって、結局はファニーを選んだのに。年よりも早熟で地獄耳の彼は、そんなことだってちゃんと知っているのである。

……まてよ？

そのとき、マックスは急にひらめいた。

「そうだ！　ジョリィはなにか知らないかな？　あの二人、しばらく付き合ってたんだし。贈り物の一つや二つ、したことあるかも」

それは、なかなか悪くない考えに思えた。経験者の意見ほど確実なものはないからだ。

そうと決まれば、善は急げだ。

「オレ、ちょっとジョリィのとこ行ってくる」

マックスは双子に言い残し、さっそく外に飛び出していった。

ジョリィは鍛冶屋《かじや》の一人息子で、川を渡った先の通りに住んでいた。マックスは橋に向かって歩きだしたが、しばらくすると、村の様子がいつもとちがっていることに気づいた。

人の姿がまったく見えないのである。

いくら田舎《いなか》とはいえ、たいていは道の途中で誰かに出くわすし、しかも今日みたいに天気のいい日は、必ず外で農作業をしている者がいる。なのに、どこを向いても、人っ子一人見当たらない。あたりはやけにしんとしていて、まるで村中が死に絶えてしまったかのようだ。

「……ヘンなの」

マックスはいぶかり、またあることに気づいた。まだ昼前だというのに、なぜか家々の戸口や窓が、しっかりと閉ざされているのだ。しかも、そうした家のどの扉にも、昔から村に伝わる魔よけの護符《ごふ》がべったりと貼られている。

不穏な空気を読みとって、マックスは顔をしかめた。まるで、ひどい危険が村に迫っているとでもいわんばかりだ。たとえば、どこかの山賊《さんぞく》が略奪《りゃくだつ》に来るとわかって、みんな逃げ出したとか、そんなこと。

でも、なにか起きたとしたら、誰かが彼の家にも知らせてくれるはずだ。ところが、父も母も、そんなことは一言も話していなかった。もっとも――

今朝《けさ》は王子のもてなしでみんな忙しかったから、なにか知らせがあったとしても、二人ともうっかり忘れているのかもしれないけれど。

マックスは迷った。一度ひきかえして、父さんに知らせたほうがいいのかもしれない。そう思いながら、橋の真ん中で立ち止まったときだ。向こう岸に人の姿を見つけた。

とたんに、ホッとした。少なくとも、みんな村からいなくなったわけではないらしい。おまけに、彼が見つけたのはジョリィだった。

「ジョリィ!」

マックスは手をふったが、まだ橋を渡りきっていなかったので、ジョリィは気づいてくれなかった。それどころか、マックスに背をむけて反対方向に去っていく。

「おーい! ジョリィってば!」

さらに大きな声をだすが、やはりジョリィはふりかえらない。歩いている間もずっと地面をにらんでいて、考え事に気をとられているみたいだ。

「……それにしても、どこ行くんだろ?」

あとを追いかけると、ジョリィは川沿いの居酒屋に入っていった。村の集会所としても使われている場所だ。しかし、マックスはまだ子供なので入れてもらえない。

どうしようか思案しているうちに、また誰かがやってきた。追い払われたくなかったので、マックスはさっと物陰に隠れた。そうして一人をやり過ごすと、また次があらわれた。どんどん男たちが集まってくる。

おかしいな、とマックスは思った。さっきまでぜんぜん人の姿を見なかったのに、ここにだけ人が集まっているなんて、なんだか妙だ。

マックスの勘《かん》は、なにかあるぞ、と告げていた。彼はすぐさま横の路地に入りこみ、閂《かんぬき》のかかっていない窓を見つけて、こっそりと中にしのびこんだ。窓敷居をまたいで降り立った場所は、食料貯蔵庫かなにかのようだった。壁の向こう側から、ざわざわと大勢の話し声が聞こえてくる。彼はそうっと扉をあけて、隙間《すきま》から目をのぞかせた。

驚いたことに、村中の男たちがそこに集まっていた。こんな時間に寄り合いがあるなんて、めずらしい。だが、いくら目を凝《こ》らしてさがしても、ギョームの姿は見つからなかった。

父さん、約束を忘れてるのかな？

ジョリィは、店の隅の目立たないところで、予備の椅子《いす》代わりの酒樽《さかだる》に腰をおろしていた。男たちの中ではいちばん若いので、遠慮《えんりょ》があるのだろう。そのせいかどうか、彼は浮かない顔をしていた。足もとをじっと見つめたまま、あいかわらずなにか考えこんでいるようだ。

ほかの男たちは、深刻そうな顔つきで何事かささやきあっていた。もっとよく聞こえるように身をのりだしたとき、

「皆《みな》の衆《しゅう》！」

突然、大声がとどろき、マックスは飛び上がりそうになった。

村の長老が入ってきたのだ。もう八十に近いはずだが、若い後妻をもらったばかりで、信じられないほど元気のいい老人だった。

「集まってもらった理由は、あらかた聞きおよんでおることじゃろう。かの悪名高き王子、ドナティアン・シャルルのことじゃ」

男たちのざわめきが、いっそう大きくなった。

「じゃあ、本当なのか？　本当に、あの悪魔の王子がこの村に⁉」

一人が立ち上がって声をあげると、長老は重々しくうなずいた。

「本当じゃ。ギョームの宿に滞在しておるのを、すでに何人かが確認しておる」

すると今度は、別の男が言った。

「目的はなんなんだ⁉　王子がなんだって、こんな田舎《いなか》の村にあらわれたんだ？」

「王子の真意など誰にわかろう？　いずれ邪《よこしま》な目的があるのは間違いない。が、ギョームが自ら語ったところによると、アドリエンヌを妻に娶《めと》りたいと申し出てきたそうじゃ」

「行方《ゆくえ》不明になっていた一番上の娘か？　みんなで捜索したが、見つからなかった……？」

「さよう。つまりすべてが王子の仕業《しわざ》じゃったということよ。アドリエンヌを誘惑し、今では思うがままに操っておるようじゃ。しかし、とるにたらぬ田舎娘を王子が妻に娶るなどという話を、どうして信じられよう？　知ってのとおり、王子は悪魔に魂《たましい》を売りわたしたと言われておる。己《おのれ》の主人に処女の血をささげんとしておるのやもしれぬ」

男たちの間に、ますます動揺《どうよう》が広がった。

「う、うちの娘は大丈夫《だいじょうぶ》か？　今年、十五になるんだ」

「うちの娘は、アドリエンヌと同い年だ！」

「皆の衆の不安はもっともじゃ」

また長老が言った。

「生贄《いけにえ》が一人ですむという保証はまったくない。また、隣人を見捨てるわけにもいかぬ。わしの見るところ、ギョームとアガートは王子からなんらかの脅《おど》しをうけ、したがわざるを得ぬ状況に追いこまれておるようじゃ。なにしろ、あの夫婦には子供が多い。なかなか身動きもとれまい」

「それで、われわれはどうしたら？」

「うむ。このまま見て見ぬふりをしておれば、今に災《わざわ》いは村中におよぶことじゃろう。そうなる前に、われわれはなんとしても、あの悪魔を村から退けねばならぬのじゃ」

すると、ガタン！　と酒樽《さかだる》の倒れる音がして、みんなが一斉にふりかえった。ジョリィが立ち上がっていた。今やすっかり顔から血の気《け》がひき、わなわなとふるえだしている。

「ぼ、ぼくは責任を感じる……ぼくのせいでアディは……あの男につけこまれたんだ！」

ジョリィのつぶやきに、長老は声を張り上げてこたえた。

「そうじゃ！　アドリエンヌを救えるのは、おまえしかおらぬ！」

他の男たちも、ジョリィにむかって口々に叫んだ。

「頑張《がんば》れ、ジョリィ！」

「ここでアドリエンヌを救ってこそ、おまえは男だ！」

ジョリィはハッとわれにかえった。自分が注目を浴びていることに、やっと気づいたらしい。急にどぎまぎしてまわりを見ると、小さな声で言った。

「……う、うん。でも、ぼくにできるかな……？」

長老をはじめとする男たちは、力強くこたえた。

「できるっ！」

ジョリィは、たじろいだ。

「本当に？　でも、どうやって……」

長老はジョリィの肩に手を置いた。その顔は真剣そのものだ。

「おまえには王子に負けない、立派な武器がある。それはな――心意気じゃ！」

ジョリィは、ぱちくりと目をしばたたいた。

「……は？」

「王子の邪悪な魔力を打ち破るには、それしかない！　精神力で勝て！」

長老はジョリィにつべこべ言う暇《ひま》をあたえず、さらにまくしたてた。

「わしらは全員、一丸《いちがん》となっておまえを援護するぞ。アドリエンヌを魔の手から救って、おまえは英雄になるのじゃ、ジョリィ！」

男たちが居酒屋から出て行くと、マックスもどうにか見つからずに窓からぬけだした。たった今、目にした光景に、すっかり泡を食っていた。

「たいへんだ！　早く王子に知らせないと――」

4

「ファニー？　ファニー‼」

アドリエンヌは家中を駆けまわり、妹の姿をさがした。鍋《なべ》を洗って煤《すす》をすっかり落とすよう言いつけておいたのに、ちょっと目を放した隙《すき》に、トンズラしてしまったらしい。

「まったく、もう。あの娘ったら、いつもこうなんだから！」

やることなすことといいかげんで、無責任きわまりない。

さては——また王子のところね？　そう思って客室に足をむけると、扉に張りついて中の様子をうかがっていたのは、双子《ふたご》のほうだった。弟たちはいまや、すっかり王子に魅《み》せられてしまったようだ。

「王子って、最高にかっこいいよね」

「うん。ぼく、大人になったら絶対、魔術師になる」

「ぼくもー」

アドリエンヌはもれ聞いた会話にショックをうけ、思わず声を張り上げた。

「馬鹿なこと言うんじゃありませんっ！」

　双子は同時にふりかえり、そろって反抗的な表情を浮かべた。

「なんでさー？」

「魔術師なんて、まともな職業とはいえないわ。あなたたちは、もっとまじめに人生設計を考えるべきで――」

「でも、姉さんはその魔術師と結婚しようとしてるんじゃないの？」

　ルイからぼそりと指摘され、アドリエンヌは言葉につまった。

　自分の言い分が矛盾《むじゅん》しているのはわかっていた。ドナティアン・シャルルは、以前の自分だったら、決して結婚相手には選ばなかったタイプだ。そして、実は今でも、それが正しいことなのかどうか、確信がもてずにいる。

　彼に恋をしているのは本当のこと。一緒《いっしょ》にいたいと思う気持ちも真実だ。でも、彼自身の気持ちは？　この先、彼がアドリエンヌを愛するようになる日が、本当に来るのだろうか？　胸に小さな希望の火をともしながら、それでもいつも不安は感じていた。

「まだ結婚するとは決めてないわ」

　アドリエンヌは、ため息をついて言った。

「言ったでしょ。魔術師を夫にもつなんて、ふつうじゃとても考えられないことですもの。うまくやっていけるかどうか、じっくり見極めようとしているところよ」

「ほう。そうなのか」

背後からドナティアン・シャルルの声が聞こえて、アドリエンヌは飛びあがった。

「ドナティアン・シャルル！」

いつの間にか、王子が扉をあけて立っていた。

「そなたがそういうつもりでいるとは知らなかった」

皮肉な口調に、心臓が縮みあがった。でも、嘘《うそ》をついたわけじゃないし、罪悪感をおぼえるいわれもないはずよ。アドリエンヌは気強く思いなおし、ぴんと背筋をのばした。

「わたしたち、お互いにお付き合いすることでは同意したけど、結婚の話はまだしてないわ。でしょ？」

「さて。前にも言ったとおり、わたしはその手のことは学ばなかったので、そなたに指南してもらうよりほかあるまいな」

王子の口もとに微笑が浮かんだのを見て、からかわれているのだとようやく気づいた。弟たちは興味津々《しんしん》という顔で、アドリエンヌの次の言葉を待っている。

「こら。大人の話に聞き耳たてるんじゃありません」

アドリエンヌは赤くなり、弟たちを追い払った。

「あっちに行きなさい。もう。人の部屋をのぞくなんて、お行儀《ぎょうぎ》が悪いって言ったでしょ」

「それより、あそこから見ている女どもはなんだ？」

ドナティアン・シャルルが言った。

「女ども？」

王子の視線を追ってふりかえり、アドリエンヌはギョッとした。ファニーと村の若い娘たちが柱の陰に隠れ、食い入るような目でこちらをうかがっている。

「ちょ、ちょっと、部屋にもどってて」

あわてて王子の背中を部屋の中に押しやり、アドリエンヌは娘たちにむきなおった。

「ファニー！　王子は見世物《みせもの》じゃないのよ。こんなときに友達を呼ぶなんて」

すると、ファニーは悪びれる様子もなく、肩をすくめた。

「だって。みんな会いたいって言うんだもの」

「だからそもそも、どうして人に話したりなんか――」

娘の一人がお説教をさえぎり、興奮気味につめよってきた。

「すごいわ、アディ！　あの人、本物の王子なの!?　どうやって知り合ったの？」

すると、ほかの娘たちもアドリエンヌをとりかこんだ。

「ドラゴンにさらわれて王子の魔宮に連れて行かれたって本当？　怖かった？」

「ねえ、でも、噂《うわさ》と違うじゃない。角《つの》も生えてないし、悪魔の尻尾《しっぽ》もないわ。それどころか、あんなにかっこいいなんて！」

「それよ、それ！　あの瞳、見た？」

アドリエンヌはありったけの忍耐をかきあつめ、コホンと咳払《せきばら》いをした。

「みなさん。今ごらんになったとおり、王子は人間です。角《つの》も尻尾《しっぽ》も生えてないし、ドラゴンを操ったりしないし、魔宮に住んでるわけでもないわ。これ以上、でたらめな話を広めないよう願います。王子はたんなる変人。真実はこれだけ。わかりました？」

「でも、魔法はどうなの？」

一人が言う。

「そうよそうよ。ファニーは、王子は魔法使いだって言ったわ」

ファニーのおしゃべり！　アドリエンヌは横目で妹をにらんだ。

「たしかに彼は魔術師だけど、都に行けば、そんな人いくらでもいるんじゃないかしら」

……たぶんね。と、あとから心の中で付け加えた。事実はどうか知らないが、誰も都になんか行ったことがないのだから、かまわない。

「じゃあ、本当に魔法を使えるの？　ねえ、アディ、彼を紹介してよ！」

「そうよ、紹介して！　独《ひと》り占《じ》めなんてずるいわ！」

ご冗談でしょ。これ以上、面倒を増やすなんて。

「残念だけど、王子はものすごく気難しいの。またの機会に――」

すると、背後から王子の声がした。

「わたしはべつにかまわぬが？」

とたん、耳をつんざくような黄色い悲鳴が上がった。

「やっぱりかっこいい！」

「どうしよう？　気絶しちゃいそう！」

「アディ、お願い！　王子はああおっしゃってるじゃない！　ちょっとだけ！　ちょっとだけおしゃべりさせて！」

期待に満ちた眼差《まなざ》しが、一斉にアドリエンヌに集中した。

アドリエンヌは、かろうじてため息をこらえた。もちろん、こんなことが愉快《ゆかい》であるはずはない。だが、王子自身がかまわないと言っている以上、彼女にそれを禁じる権利はなかった。

「わかりました。でも」

アドリエンヌは王子をふりかえり、すごみをきかせて言った。

「くれぐれも注意しておきますけど、我が家では、魔法は厳禁ですからね」

王子は黙って肩をすくめた。一応、それを了解とうけとって、アドリエンヌは彼に背中をむけた。

「どこへ行く？」

「わたしはおしゃべりに付き合ってられるほど暇じゃないの。いろいろとやらなくちゃいけない仕事があるのよ」

「わたしが片付けてやってもよいが」

「魔法で？　けっこうよ。どうぞごゆっくり」

意外なことに、その場に残ると思っていたファニーがアドリエンヌの後からついてきた。

「あらまあ。やっと自分からお鍋《なべ》を洗う気になったの？」

ついつい、皮肉が口をついて出る。

「よしてよ、姉さん。言いたいのはそんなことじゃないくせに」

「言いたいことは山ほどあるけど、優先順位をつけてるのよ」

「でも、ふくれっ面《つら》の原因は、お鍋でもフライパンでもなくて王子よね。まさか、ぜんぜん予想してなかったわけじゃないでしょ？　王子のあの顔で、女の子に騒がれないはずないって」

「王子の性格を知ったら、のん気にさわいでなんかいられないわよ」

アドリエンヌはぶつぶつとこぼした。

「それはどうかしら。少しくらい性格が悪くたって、あの顔で十分お釣りが来ると思うけど」

アドリエンヌは足を止め、ファニーにむきなおった。

「人を顔で判断するなんて――」

ファニーは最後まで言わせなかった。肩をすくめてさえぎる。

「はいはい。不謹慎《ふきんしん》なのよね。わかりました」

「ファニー、真面目《まじめ》に言ってるのよ」

「わたしだって真面目よ」

それはどうだか、とアドリエンヌは思った。実のところ、ファニーが賢くて洞察力《どうさつりょく》もすぐれているのはわかっている。だが、それが正しく発揮《はっき》されているのを見たことなんか、一度もない。彼女は、どんな状況も茶化《ちゃか》して笑いの種にするのが大好きなのだ。

「わたしが言いたいのは、こういうこと。どーんとかまえてたらいいじゃない。だって、王子が選んだのは、姉さんなんだから」

そう言って、ファニーはくるりと身をひるがえし、娘たちのところにもどっていった。

……王子がいいい選んだ？　アドリエンヌは、心の中でつぶやいた。

妹は知らないのだ。そもそもアドリエンヌを結婚相手に選んだのは、ドナティアン・シャルルではなく、魔法の水盤だということを。

もし、水盤がちがう娘に白羽《しらは》の矢を立てていたら、ドナティアン・シャルルはその娘と結ばれていただろう。そしてそれは、ファニーが連れてきた娘たちの一人だったかもしれない。そう思うと、今さらながら、アドリエンヌの心は暗く沈んだ。

その後、アドリエンヌが調理場に足をむけると、父のギョームがせっせとマスのはらわたを抜いていた。普段の食事は母とアドリエンヌで作るのだが、父は魚料理が得意で、自分で釣ってきた魚はたいてい自分で調理する。

「なんだか騒がしい声が聞こえたが、友達でも遊びに来たのか？」

ギョームは手を動かしながら訊いた。

「ファニーのね。王子見物よ。あの娘ったら、よりにもよって、うちに王子が来てるって友達に話したのよ」

口をとがらせて文句を言うと、

「いかんのかね？　わしも釣り仲間に話したぞ」

ギョームは、けろっとして言った。

「ええっ？」

「隠していたって狭い村だ、どのみち知れる。こっちから説明しておかんと、おまえが帰ってきたことだって、どう話していいかわからんじゃないか」

「それはそうだけど……」

父の言うことはもっともだ。しかし、アドリエンヌは今の今まで、ドナティアン・シャルルのことを家族以外の誰かに話すなんて、考えもしなかった。なによりまず気恥ずかしかったし、王子の評判を考えると、家族まで白い目で見られたり、付き合いを断られるような事態にならないとも限らないからだ。

父は堅実《かたぶつ》で真面目《まじめ》な人柄なのだが、ときどき、とんでもなくあっさりと思い切りのいい行動にでることがある。この度胸のよさが、きっとファニーに遺伝したのだろう。

「……それで、なにか言われた？」

恐る恐るたずねると、ギョームは肩をすくめた。

「連中、怖がっとったな。しかし、王子はそれほど悪い人間じゃなさそうだと、はっきり言ってやったよ」

「信じたみたい？」

「時間がかかるだろうな。まあ、仕方のないことだ」

「……そうね」

そのとき、母のアガートが入ってきた。

「アディ、ジョリィが来てるわよ」

アドリエンヌはドキンとした。

「ジョリィが？　どうして？」

「あなたと話がしたいんですって。きっと、無事をたしかめに来たんじゃないかしら。なんだかねえ、あなたが帰ってきたこと、誰かから聞いたみたいなのよ」

そして、ギョームにむかって言った。

「あなた、誰かにおっしゃった？」

「釣り仲間にな」

「そう。それでなのね。表で待ってるから、顔を見せてらっしゃいな」

気はすすまなかったが、アドリエンヌは言われたとおりにした。

大丈夫《だいじょうぶ》。自分に言い聞かせる。ふられたといっても、昔のことだもの。もうふっきれてるし、また友達として付き合うことはできるはずよ。気まずいのは最初だけ。

ジョリィは厩舎《きゅうしゃ》の前に立って待っていた。成長期に入って急に背が伸びたせいか、どうしてもひょろっとした印象をうけてしまう。少し猫背で、身なりに無頓着《むとんちゃく》な彼らしい、ぼさぼさの金髪もあいかわらず。

久しぶりでなつかしいけれど、それだけだった。不思議なくらい、なんの感情もわかない。

そのことが、アドリエンヌをホッとさせた。

ジョリィはアドリエンヌに気づくと、遠慮《えんりょ》がちに言った。

「アディ」

アドリエンヌは、にこっと笑ってみせた。なんのわだかまりも残っていないことが、これで彼にも伝わるだろう。

「久しぶりね。元気だった？」

言ったあとで、ジョリィの様子がおかしいことに気づいた。なんだか、ひどい顔色だ。

「どうしたの？　具合でも悪いの？」

「は、話は聞いたよ。きみが……都を追放された例の王子と、一緒《いっしょ》に帰ってきたって」

「ああ、そのこと」

なんでもない口調でこたえたが、内心では気恥ずかしかった。いやだ。ジョリィが知っているということは、きっともう村中に広まってるにちがいないわ。

「信じられないでしょうけど、本当なの」

ジョリィは、足もとにできた自分の影をじっと見つめながらつづけた。

「じゃあ、本当なのかい？　王子と結婚するつもりでいるっていうのは」

「……わからないけど、そうなるかも」

「恐れていた通りだ！」

「え？」

ジョリィはいきなり詰めよってきて、アドリエンヌの顔をのぞきこんだ。

「ぼくのせいなんだろう？　だから、きみは自暴自棄《じぼうじき》になって、悪魔の王子なんかにつけこまれることになったんだ！」

アドリエンヌはジョリィの剣幕《けんまく》に気圧《けお》されて、一歩あとずさった。

「あの、ジョリィ？　それはちがうわ」

「ちがわないさ！　それだけはいけないよ、アディ。ぼくが許さない。そうとも、きみを悪魔の王子なんかにわたしてたまるもんか！　ぼくが絶対にきみを守ってみせる！　アディ、結婚しよう！」

一瞬、なにを言われたのかわからなかった。

「……は？」

「きみはぼくと結婚するんだ！　きみを救うにはそれしかない！」

アドリエンヌは唖然《あぜん》とし、まじまじとジョリィの顔を見かえした。

「なに馬鹿なこと言ってるの？　第一、あなたが好きなのはファニーだったはずじゃない」

すると、青ざめていたジョリィの顔に、みるみる血の気《け》がさした。視線を横にそらし、小さな声でぼそぼそとつぶやく。だが、アドリエンヌには聞こえなかった。

「なんですって？」

するとジョリィはもう一度言った。

「……ファニーには、ふられたんだ」

「え？」

「ふられたんだよ！　彼女は、一生こんな村でくすぶってるつもりはないらしい。鍛冶屋《かじや》のおかみさんになるなんてまっぴらだって、そうはっきり言われたよ」

あらまあ。

「……あの娘らしいわね」

確かにそれは、ファニーの言いそうなことだ。夢見がちで非現実的。地に足がついていない。

「ぼくは目が覚めた」

ジョリィは決然として言った。

「ぼくは男らしく責任をとる。とらなくちゃいけないんだ」

アドリエンヌは困ってしまった。

「あの、あなた誤解してるわ。わたしは本当にドナティアン・シャルルのことが好きなの。あなたのこととは、なんの関係もないのよ」

「嘘《うそ》だ！　そう思いこもうとしているだけさ！　きみは怪しげな魔法であの人に操られているんだよ！　まちがいない！」

ジョリィはアドリエンヌの肩をつかんだ。

「ぼくと一緒に逃げよう！　今すぐ！」

アドリエンヌはうろたえ、ジョリィの手をふりはらおうとした。だが、彼はそれを許さなかった。ますます力がこもり、肩に指が食いこんでくる。

「冗談でしょ？　あの、ちょっと落ち着いてちょうだい。納得できるように説明するから」

「今さら説明なんかいるもんか！　時間がないんだ！　今すぐここを離れないと！」

そのとき、ジョリィの背後で声がした。

「なにをしてる、ジョリィ？　早くしろ！」

ギョッとして声の主をさがすと、厩舎《きゅうしゃ》の陰から村の男たちがのぞいていた。

たちまち、アドリエンヌは真っ赤になった。まさか、今の会話を全部、聞かれていたの？

「わかってる！　説得してるんだよ！」

いらだたしげに、ジョリィがかえした。

「いったい、なんの話⁉」

アドリエンヌは叫んだ。

「説得してる暇《ひま》なんかないぞ！　急げ！」

「だけど、彼女が――」

「悪魔の王子に魅入《みい》られちまってるんだ！　今は言ってもムダだ！」

「そうとも、手段を選んじゃおれん！　彼女のためだ！」

男たちは一斉に飛び出してきて、アドリエンヌに襲いかかった。

「き――ふがっ！」

彼女は悲鳴をあげようとしたが、途中で口をふさがれた。

男たちはアドリエンヌの頭から麻袋《あさぶくろ》をすっぽりとかぶせ、さらに縄《なわ》でぐるぐる巻きにして肩に担《かつ》いだ。そして、あっという間に彼女を連れ去ってしまった。

5

　ファニーが連れて来た三人の娘たちは、ドナティアン・シャルルに招かれ、大はしゃぎで部屋の中に足をふみいれた。だが、いざ自分たちだけが彼の前に立たされてみると、今度は急に萎縮《いしゅく》して言葉をなくしてしまった。こんなとき、いつも積極的に会話をひっぱってくれるファニーが、知らない間に姿を消してしまったものだから、なおさらだった。三人はもじもじし、しばらく互いに肘《ひじ》でつつきあっていたが、やがて一人が思いきって切りだした。

「……あのう、王子様はアディと結婚なさるって、本当ですか？」

「そのつもりだが？」

　あっさりした返答に、ほかの娘が思わず本音を口走った。

「えー？　どうしてアディなんかと？」

　もう一人も、我慢できずに訊《き》いた。

「ほんとほんと。アディのどこがお好きなんですか？」

　たしかに、ファニーから話は聞いていた。だが、娘たちは今の今まで、真面目《まじめ》なばかりで退屈なアドリエンヌが王子から見初《みそ》められたなんて、まったく信じていなかったのだ。

ドナティアン・シャルルは、問いかけてきた娘に一瞥《いちべつ》をくれた。

「なぜ、そんなことが知りたいのだ?」

娘はどぎまぎして、隣の娘に視線を送った。

「だってー。ねえ?」

同意を求められた娘は、用心しいしい、うなずいた。

「彼女、あんまり目立つタイプじゃないし……」

「あら。失礼よ、そんなこと言うの」

最初に口をひらいた娘が、一人だけいい子になろうとして言った。

「アディは、とってもかわいいわ。王子様が彼女をお気に召すのは当然よ」

にっこり微笑《ほほえ》んでみせたが、言葉の裏には棘《とげ》がふくまれていた。そして、彼女は愛らしいため息をつくと、いかにも無邪気《むじゃき》そうな口調でつづけた。

「でも、あたし、ちょっぴり焼けちゃうな。王子様と先に出会ってたのが、あたしだったらよかったのに」

さりげないぬけがけにも、他の娘たちは敏感に反応した。

「それなら、あたしだって!」

「まあ、ずるい! あたしだって同じ気持ちよ」

娘たちはにらみあい、やがて、競争心から大胆《だいたん》な発言が飛び出した。

「ねえ、王子様。アディは別として、あたしたちの中では、誰がいちばんお好きですか？」

王子は、馬鹿な質問だと言いたげに口もとを歪めた。

「似たりよったりのようだな。平凡《へいぼん》で退屈きわまりない」

三人は一瞬、なんと言われたのかわからなかった。だが、そろってけなされたのだとわかると、たちまち顔に朱がさした。一人が悔《くや》しそうにつぶやく。

「……でも！　アディよりましよ」

ドナティアン・シャルルは鼻で笑った。

「身のほどを知るがよいぞ、女」

その声の冷たさに、たちまち空気が凍りついた。

「どうやらそなたらは、わたしの求める答えを知らぬようだ。もうよい、下がれ」

「なんですって？」

王子の態度は、もはやまったくとりつく島がなかった。

「もう用はない。下がれと申したのだ」

娘たちは啞然《あぜん》とした。

「うーん、辛辣《しんらつ》！」

扉の陰で王子と娘たちの様子をうかがっていたファニーは、思わず小さく口笛をふいた。

「聞きしにまさる傲慢《ごうまん》さね。確かに、あれは一筋縄《ひとすじなわ》ではいかないわ。姉さんも物好きなんだから」

するとと、廊下《ろうか》の隅でペットのトカゲを追いかけていたルイが、ひょいと顔をあげた。

「アディ姉さんがどうしたの？」

「べつに。女冥利《みょうり》に尽きるってことよ」

ルイは首をかしげた。

「女料理？　アディ姉さんは上手だよ」

「そうね。やれやれ、それで思い出した。厄介《やっかい》な仕事が残ってたんだったわ。片付けるまで小言を言われつづけちゃたまらない」

ぼやきながら歩きだすと、

「ファニー姉さん」

ルイが呼び止めた。

「なに？」

「アディ姉さんが今いちばん欲しがってるものって、なんだかわかる？」

ファニーは肩をすくめた。

「そんなの、決まってるでしょ」

ギョームは釣ってきたマスをまずはバターで焼こうとしたが、フライパンを手にとるなり、顔をしかめた。

「なんだ？　このフライパン、穴があいとるじゃないか」

「ファニーがお肉を焦げつかせたんですよ。こびりついた炭を落とそうとして、こすりすぎちゃったんでしょ」

アガートがこたえると、ギョームは呆《あき》れた。

「それで穴があくかね？」

「マックスたちも戦争ゴッコに使ってたみたい。盾にするのにちょうどいいものだから」

ギョームは深々とため息をついた。

「……やれやれ。アディがちょっと留守《るす》にしただけで、我が家は無法地帯になっちまう。これで嫁に行かれたら、どう暮らしていけばいいのやら」

それで、アガートは思い出した。

「そういえば、アディったら、ずいぶん長く話しこんでるのねえ。外は風が冷たいわ。ジョリィに入ってもらえばいいのに」

「それより、いっそ夕飯に招待したらどうだ？」

代わりになる鍋《なべ》をさがしながら、ギョームが提案した。

「今夜は食いきれんほど魚があるしな。それから、ほれ。ファニーの友達も来とっただろう。ついでに誘ったらいい」

「そうね。声をかけてくるわ」

アガートが調理場を出ると、ちょうど三人の娘たちがぞろぞろと帰っていくところだった。なぜか、そろって苦虫《にがむし》を嚙《か》み潰《つぶ》したような顔をしている。

「王子って、最低ね！　噂《うわさ》どおりだわ。なによ？　ちょっと顔がいいからって、思い上がってんじゃないの？」

「しょせん、都を追われた罪人のくせに。何様のつもりかしら？」

「アディったら、かーわいそ。顔に騙《だま》されてみじめなことにならなきゃいいけど」

アガートは戸惑い、声をかけそびれてしまった。なんだか、面白くないことがあったらしい。あとでファニーに訊《き》いてみなくちゃ。そう思いながら、今度はアドリエンヌをさがしに外へ出て行った。だが、厩舎《きゅうしゃ》の前には誰もいない。

「あら。どこに行ったのかしら？」

きょろきょろしていると、村の長老が隣家の陰から手招きしているのに気づいた。

「まあ、ご隠居《いんきょ》さん。なんですか？」

アガートは老人のそばに歩みよった。すると、彼は意味ありげに声をひそめて言った。

「安心するがいいぞ、おかみさん。アディは無事にジョリィが救い出した。今ごろは二人で村はずれまで逃げておるころじゃ」

アガートはきょとんとした。

「……は？」

「いやいや、礼にはおよばん。おまえさん方の危機を、見過ごしにはできんて。これは村全体の問題じゃ。あの悪魔を追い払うために、男たち全員が立ち上がることにしたんじゃ」

老人は一人で得意顔だが、アガートにはやはり、なんのことやらさっぱりわからない。

「あの、ご隠居さん？　それはいったい――」

「いいか？　もう全員でこの家をとりかこんどる。おまえさんはギョームと子供たちに知らせて、早く逃げるように言いなさい」

そのとき、視界の隅でなにかが動いた。反射的に目をやって、アガートはギョッとした。いつの間にか、大勢の村の男たちが物陰に隠れて、家の様子をうかがっていた。

「まあ、なんてことでしょう！」

アガートはようやく老人の言葉の意味を悟り、たちまち青くなった。


ドナティアン・シャルルは、いささか当てがはずれた気分だった。アドリエンヌと同じような生まれ育ちの娘たちからなら、少しは彼女についての有益《ゆうえき》な情報をひきだせるにちがいないと期待していたのだ。だが、あの三人もまた、宮廷に腐《くさ》るほどいるくだらない女たちとまったく変わるところがなかった。必要以上にうぬぼれていて、男の目をひくことしか頭にない。

王子はすっかり退屈し、弟たちはどうしただろうかと思った。調子のいい返事をして出て行ったはいいが、それきり音沙汰《おとさた》がない。

そのとき、しばらく前から外を飛びまわっていた使い魔のカラスがもどってきて、王子の肩にとまった。

「どうした？　ゲルガラン」

王子は、しばしカラスの言葉に耳をかたむけた後、立ち上がって窓辺によった。そこから宿の前の通りを見下ろすと、村の男たちが手に手に棍棒《こんぼう》や鍬《くわ》をもち、殺気立った雰囲気《ふんいき》でまわりをとりかこんでいるところだった。彼らはじりじりと包囲を狭《せば》めていたが、そのうち一人が王子の姿に気づき、二階の窓を指差した。

「見ろ！　悪魔の王子だ！」

男たちは騒然となり、口々にわめきだした。

「いた、あれだ！　悪魔の王子だぞ！」

「この村から出て行け！」

ドナティアン・シャルルは眉《まゆ》をひそめた。

「これはなんの余興《よきょう》だ？」

次には、どたどたと足音がして、マックスが部屋に飛びこんできた。

「王子、たいへんだよ！　みんながあなたをやっつけにきた！」

ドナティアン・シャルルはふりかえり、落ち着き払ったまま言った。

「わたしを？　なぜ」

マックスは、前かがみになってハアハアと息を切らした。

「た、たぶん、あなたが怖いんだ。魔法使いだから」

「くだらぬことを」

「で、でも！　このままじゃ危ないよ！　逃げなくちゃ！　あの人たち本気だもの！」

「アドリエンヌはどうした？　しばらく前から姿が見えぬが」

ドナティアン・シャルルには、なによりそれが不審だった。彼女の性格なら、こんなときは真っ先に駆けつけてくるはずだ。

「それが……」

マックスは言いよどんだが、王子はごまかせないと悟って、しぶしぶ告げた。

「……母さんが言うには、さらわれちゃったらしいんだ」

「なに？」

「怒らないで！　あの人たち、誤解してるんだよ。あなたがアディを悪魔の生贄《いけにえ》にするつもりだって、勝手に思いこんでるんだ。だから、アディを助けるつもりで、連れてっちゃった」

ドナティアン・シャルルは呆《あき》れた。

「なんと。ここまで馬鹿げた話は聞いたことがない」

それでもいっこうに動こうとしない王子にマックスは焦り、足をふみならした。

「馬鹿でもなんでもいいから、逃げてよ！　もうすっかり囲まれてるんだ！　空を飛ぶとか、なにかに変身するとか、あなたの魔法でなんとかできないの⁉」

王子は鼻で笑った。

「逃げる？　このわたしが？」

そして呪文《じゅもん》を唱えると、王子の姿は煙のようにかき消えた。マックスは仰天《ぎょうてん》した。

「王子っ⁉」

次の瞬間、ドナティアン・シャルルは村人たちの真ん中に立っていた。標的にしていた王子がいきなり目の前にあらわれて、彼らはパニックを起こした。

「わあっ！」

「出たっ！　出たぞう！」

「悪魔の王子だあっ！」

男たちは蜘蛛《くも》の子を散らすように逃げ出し、たちまち包囲がくずれた。だが、

「なにをしておる？　逃げるな！　みんなでかかるんじゃ‼」

長老の叱咤《しった》する声で、彼らはふたたび団結をとりもどした。あらためて得物《えもの》をかまえなおし、王子をとりまく。そして、

「悪魔め、くたばれっ！」

血気《けつき》にはやった若者が襲いかかると、

「愚《おろ》か者《もの》ども」

王子は杖《つえ》をふりあげた。とたん、どーん！　と轟音《ごうおん》がして、空に閃光《せんこう》が走った。村人たちは雷に打たれたように、ばたばたと地面に倒れ伏した。

「王子！」

少し遅れて、マックスが家から飛び出してきた。ショックをうけた顔で言う。

「みんなに、なにしたの⁉　まさか殺――」

「あわてるな。眠らせただけだ。面倒なのでな」

王子は静かに言い、倒れた村人たちを見渡した。

「もはやなんの関わりもないとはいえ、かつてはわが民草《たみくさ》。救いようもなく愚かだからというだけの理由で、処罰《しょばつ》したりはせぬ」

マックスは地面にしゃがみこみ、恐る恐る男の一人に手をのばした。

「……本当だ。生きてる」

「それで、アドリエンヌの行方《ゆくえ》に心当たりは？」

マックスは首を横にふった。不安げに様子を見守っていたほかの家族に目をやると、アガートが口をひらいた。

「ご隠居《いんきょ》さんは、今ごろ村はずれまで逃げてるころだっておっしゃってましたわ。ジョリィが一緒《いっしょ》なんだそうですの」

「ジョリィ？」

アガートはため息をついた。

「アディの友人で、真面目《まじめ》な男の子なんですけど」

王子は、その名に聞き覚えがあった。アドリエンヌをふったとかいう男だ。

「ふん。なるほど」

王子は面白くなさそうに顔をしかめ、杖で地面を叩いた。すると、ぼこっと土が盛り上がり、そこから小鬼が顔をだした。

「うわっ！」

マックスは仰天《ぎょうてん》して飛びのいた。

「アドリエンヌをさがせ。どこに連れ去られたにせよ、まだそう離れてはいまい」

王子は小鬼に命じ、さらに肩の上の使い魔にも言った。

「ゲルガラン、そなたもだ」

カラスは一声鳴いてこたえると、空高く飛び立った。

6

その日の夜更け、アドリエンヌは森の中にある一軒家に連れこまれた。それは草葺《くさぶき》屋根の、一見すると粗末《そまつ》な小屋で、身よりのない老婆《ろうば》が一人で住んでいた。

村人たちは彼女を魔女と呼んでいた。彼女が調合する薬はいつもすばらしい効き目をあらわしたし、占いはいつも恐ろしいほどよく当たったからだ。しかし、その能力ゆえに彼女は恐れられ、親しく交わろうとする者はいなかった。

ジョリィは、魔術師であるドナティアン・シャルルに対抗するため、魔女に頼ることにしたのだった。そして、麻袋《あさぶくろ》に入れて担《かつ》ぎこんだアドリエンヌを、悪魔憑《つ》きだと説明した。自分の許婚《いいなずけ》が、邪悪《じゃあく》な魔法使いから術をかけられてしまったのだと。

まったく、馬鹿馬鹿しいにもほどがある、とアドリエンヌは思った。そして、ようやく麻袋と縄《なわ》の縛《いまし》めから解放されると、さっそくジョリィにしかめっ面《つら》をむけた。彼にはすっかり腹を立てていた。勝手な思いこみでこんな馬鹿げたふるまいをするなんて、信じられない。

「何度も言ったけど、こんなことをしても無駄《むだ》よ。どうせすぐにドナ――」

「黙れ。きみの意見は聞いてない。少なくとも正気にもどるまでは」

ジョリィはぴしゃりと言った。彼はクソ真面目《まじめ》な上に頑固《がんこ》な性格で、一度こうと決めたら他人の言葉なんかには耳を貸さない、呆《あき》れるほどの石頭だった。

「ケンカはおよし」

魔女が静かな声で割って入った。アドリエンヌは口を閉じ、近づいてくる小柄《こがら》な老婆をまじまじと見つめた。森の魔女のことは、子供のころから噂《うわさ》で聞いて知っていた。だが、姿を目にするのは、これが初めてだった。思わず緊張して身構えると、魔女はアドリエンヌの前にしゃがんで、顔をのぞきこんできた。

「ふうむ。目に濁《にご》りはない……」

考えこみながらつぶやき、肩越しにジョリィをふりかえる。

「あたしには、まったくの正気に見えるけどね」

「そんなの、当たり前だわ。だから何度も言った――」

アドリエンヌの抗議は、ジョリィの感情的な声にかき消された。

「そんなはずはない！　よく見てくれ！　確かに彼女は操られてるんだ！」

「もしそれが本当なら、相手はよほど巧妙《こうみょう》な術者だってことだ。まあいい。ちょいと水晶で見てやろうよ」

魔女は大儀《たいぎ》そうに立ち上がり、今度はテーブルの前の椅子《いす》にすわった。彼女の家は、狭くて簡素なことをのぞけば、ドナティアン・シャルルの魔法実験室によく似ていた。ひからびた植物や、動物の骨や、その他なんだかよくわからない雑多なものがごちゃごちゃと置かれている。魔女は大きな水晶玉の上に手をかざし、呪文《じゅもん》らしき言葉をつぶやいた。すると、水晶の中に人影が浮かびあがった。それはまぎれもなく、ドナティアン・シャルルの姿だった。

魔女は意外そうな顔をした。

「……ほー。邪悪《じゃあく》な魔法使いというのは……この美形かい？」

そして、アドリエンヌのほうに首をのばした。

「するとおまえさんはもしかして……この美形に惚《ほ》れてるんだね？」

即座に言い当てられて、アドリエンヌは赤くなった。すると、魔女は笑って結論を下した。

「なら悪魔憑きじゃない、恋わずらいだよ」

「馬鹿なことを言わないでくれ！」

ジョリィは腹を立てた。

「あいつには、汚い目的があるんだ！　ア、アディを悪魔の生贄《いけにえ》にしようと狙って――」

魔女は片手を上げてジョリィを制した。

「待て。まだなにか見える」

水晶の中の王子は、夜空を見上げていた。すると、そこに一羽のカラスが舞い降りてきて、彼のさしだした腕に止まった。なにか話しているようだ。

とたんに、魔女の顔が凍りついた。

「金色の目のカラス……あれは……」

魔女はわなわなとふるえだし、しわがれた声で言った。

「まさか……おまえさんらが逃げとる相手は、王子なのか？　よりによって、**ドナテイアン・シャルル**を敵にまわしたと？」

ジョリィがうなずくと、魔女は悲鳴をあげた。

「なんてことをしてくれたんだ！」

そして勢いよく立ち上がり、白髪頭《しらがあたま》をかきむしりながら、あたふたと歩きまわった。

「ああ、なんてこった！　どうしよう？　王子にここを嗅《か》ぎつかれちまう！　あんたたちのせいで！」

「王子を知っているの？」

アドリエンヌは、意外に思いながら訊いた。

「知ってるって？」

魔女はアドリエンヌをふりかえり、心外そうに胸をそりかえした。

「ああ、知ってるとも。こっちはね。当然だろ？　だが、あちら様に知られてたら、今ごろあたしは無事にすんじゃいないよ」

「どうして？」

「王子はこの国のありとあらゆる魔術師や魔女の秘術を盗んで、あれほどの力をたくわえたんだって、もっぱらの噂《うわさ》さ。なにしろ、あの悪名高い大魔術師メナンドロスや賢者ラマコスを殺したのも、王子だっていうからね。恐ろしい男だよ」

「そんなの嘘《うそ》よ！」

アドリエンヌが否定すると、魔女は気を悪くしたように鼻を鳴らした。

「嘘なもんかね。あの金色の目のカラスは、もともとラマコスの使い魔だったんだ。王子はラマコスを殺して奪ったのさ」

「そらみろ！」

ジョリィが勝ち誇ったように叫んだ。

「これでわかっただろ？　あいつはそんな血も涙もないヤツなんだ！」

すると、魔女はジョリィの鼻先に人差し指を突きつけた。思わずジョリィが後ずさると、魔女は鼻息を荒くしてずんずん彼を押していった。

「ああ、そうとも！　そしてそんなヤツを、あんたはこの家におびきよせようとしてるんだよ！　冗談じゃない！　あたしごときが、王子に太刀《たち》打《う》ちできるわけないじゃないか！　こんなことにかかわりあうほど、あたしは馬鹿じゃないよ。出てっとくれ！」

ジョリィは顔色を変えた。

「そんな！　約束がちがう！」

「あたしは、王子からあんたたちを守る約束なんか、してないよ」

「だけど、ぼくらだけでいったいどうしたら――」

「知ったこっちゃないね！」

魔女はジョリィを壁際まで追いつめると、そこで足を止めた。

「……と、言いたいとこだけど。まあね。あたしにだって、情けがないわけじゃない」

仕方なさそうに肩をすくめ、魔女は棚《たな》からなにかをとってもどってきた。

「これをくれてやろう」

さしだされたものを見て、ジョリィはがっかりした。

「小石？」

「ただの小石じゃない、水晶さ。よくごらん」

ジョリィはその小石をランプの光にかざした。氷のように透明で、なるほど確かに水晶の欠《か》片《け》《ら》らしいが、中には砂や苔《こけ》が入り混じっている。それがなんだか地面や草木にも見えて、結晶の中に小さな世界が閉じこめられているかのようだった。

「その石には魔力が宿ってる」

魔女は説明した。

「いよいよ逃げられないとなったら、その石に願うんだ。敵から隠してくれと」

ジョリィは疑わしそうな顔をした。

「そしたら、どうなるんだ?」

「やってみりゃわかるよ。もっとも、王子から身を守れるかどうかは、運次第だがね」

ジョリィとアドリエンヌは魔女の家から追い出され、その後は当てもなく森の中を歩きまわるはめになった。もっとも、すでに夜は明け、空は白みはじめていたから、そう困ったことにはならずにすんだ。寝不足と空腹のつらさをのぞけば、差し迫った危険はない。

「ちぇ。こんな石でなんとかできるんだったら、苦労はないよな」

ジョリィはもらった小石を手の中でもてあそび、何度も宙に放りあげた。

今や、彼はすっかりふてくされていた。たしかに、魔女から見捨てられたのは計算外だった。しかし、いちばんの不満は、せっかく勇気を奮い起こして英雄的行為をやってのけたのに、アドリエンヌが少しも彼に感謝を示そうとしないことだった。

何度目かに小石を放りあげたとき、ジョリィは落ちてきたのをつかみそこねて、地面に落とした。小石はアドリエンヌの足もとまで転がってきた。彼女がかがんでそれを拾うと、

「それをこっちによこせよ、アディ」

ジョリィはぶっきらぼうに言って、手をさしだした。だが、彼女はわたさなかった。

「いやよ」

「くそ。きみがもってたってしょうがないだろ!」

「あなたがもってたって、同じことよ。それより、もうあきらめて帰ったほうがいいわ。みんなには、わたしがなんとかうまく言ってごまかしておくから」

「ちぇ。馬鹿なことを」

「本気よ。あなたは信じないけど、わたしは本当に王子が好きなの。責任をとってもらう必要なんか、全然ないの」

するとジョリィは鼻でせせら笑った。

「へえ、そうかい。それで、王子もきみを熱烈に愛してるっていうんだな？」

嫌味っぽく言われて、アドリエンヌは顔を赤くした。思わず目をそらして言う。

「熱烈にってほどじゃないけど……お付き合いを申し込まれたところよ」

「どんなお付き合いだか、知れたものか！」

ジョリィは吐き捨てた。

「きみはうぶだから、騙《だま》されてるんだ。まったく、おめでたいよな」

アドリエンヌはとうとう、堪忍袋《かんにんぶくろ》の緒《お》を切らして爆発した。

「もう、いいかげんにして！　あなたが信じないのは勝手だけど、わたしは王子が好きだし、王子もわたしのことを思ってくれてるわ」

すると、ジョリィもいきりたって怒鳴《どな》りかえした。

「そんなはずないだろ！　それほど金持ちでも美人でもないきみが！」

アドリエンヌは、金槌《かなづち》でガツンと頭を殴《なぐ》られた気がした。

「きみの得意なことといったら、せいぜいが子供のしつけと家事くらいなもんじゃないか！　あの人は、ぼくらみたいな貧乏人とはわけがちがうんだぞ！　子守りや家政婦なんて、いくらでも金で雇えるんだ！　目を覚ませ、アディ！　現実を見ろ！」

アドリエンヌは、ばちん！　とジョリィの頬をひっぱたいた。そして、そのまま身をひるがえすと、一目散《いちもくさん》に駆け出した。

「アディ！　待てよ！」

ジョリィはすぐに追いかけようとしたが、あわてたせいで、木の根に足をひっかけた。転んでもたもたしている間に、アドリエンヌの背中はどんどん遠ざかっていく。

「アディ！　おーい！」

アドリエンヌは、一瞬たりとも足を止めず、森の中をひた走った。

――そんなはずないだろ！　それほど金持ちでも美人でもないきみが！

心ないジョリィの言葉が、いつまでも耳にこだまする。

だが、本当はわかっていたのだ。ずっと前から、わかっていた。自分がドナティアン・シャルルにつりあわないということは。

彼はただ、自分とは生まれの違う田舎娘《いなかむすめ》がめずらしいだけで、本当は彼女のような娘などどこにでもいるとわかったら、たちまち興味をなくしてしまうかもしれないと、わかっていた。

いや、彼はもうすでに気づいてしまったかもしれない。ファニーが連れてきた女の子たちの顔が、次々に浮かんだ。みんなアドリエンヌよりもずっとおしゃれでかわいくて、そして自分に自信をもっている。彼女たちが、心の中ではアドリエンヌを見下しているのにも気づいていた。

——どーんとかまえてたらいいじゃない。だって、王子が選んだのは、姉さんなんだから。

ファニーは知らないのだ。アドリエンヌを選んだのは、王子ではない。彼はたまたま——そう、たまたま水盤が選んだ彼女を、面白いと思っただけのことだと。

言われなくても、みんなわかってたわ。それでも……信じたかった。いつか愛してくれるようになるかもしれないって、信じたかったんだもの！

まわりもよく見ずに走っているうち、いつしか沼地に迷いこんでいた。靴《くつ》の先が沈んでいくのに気づいて、彼女はようやく立ち止まった。しかし、あわててひきかえそうとした、そのとき——彼女はずるりと足をすべらせ、泥水の中に尻もちをついた。

思いがけない災難に、愕然《がくぜん》とした。スカートがどろどろに汚れてひどい有様になったばかりか、靴《くつ》や下着の中にまで冷たい水が染みこんでくる。深刻に悩んでいるとき、こんな馬鹿げた目にあうなんて。われながら最低だ。

「ほんとにもう。ドジなんだから……」

笑おうとしたが、笑えなかった。みるみる顔が歪《ゆが》み、こらえていた涙がこぼれた。

「う……」

みじめでみじめで、たまらなかった。立ち上がることもできずに泣きつづけていると、頭上でカラスの鳴き声が聞こえた。彼女はすすりあげながら空を見上げ──思わず目を疑った。

信じられないほどのカラスの大群が、森に集まりはじめていた。彼らの羽で光がさえぎられ、あたりが暗くなったような気さえするほどだ。

「どうして……?」

そのとき、どこかで悲鳴が聞こえた。ジョリィだ、とすぐにわかった。アドリエンヌは立ち上がり、来た道をひきかえして、彼の姿をさがした。

ジョリィはすぐに見つかった。彼はカラスに襲われ、逃げ惑っていた。

「やめろ!　あっちへ行け!　くそっ!」

必死で手をふり、追い払おうとするが、カラスはどんどん数を増やして群がってくる。

「ジョリィ!」

アドリエンヌは、助けに飛び出そうとした。が、すぐそばの木に金色の目のカラスがとまっているのに気づいて、足を止めた。

ゲルガラン──?

たちまち、アドリエンヌは理解した。王子の指図《さしず》なんだわ。

そのとき、空に見覚えのある閃光《せんこう》が走った。そして、二つに切り裂かれた空間から、ドナティアン・シャルルがあらわれた。いや、彼だけではない。父も、母も、ファニーも、弟たちも、家族全員がその場に姿をみせていた。

みんなでさがしに来てくれたのだ。そう気づいて安心したのは、しかし、最初の一瞬だけだった。アドリエンヌはすぐに、自分がどんな格好をしているかを思い出して、ゾッとした。

腰から下は泥まみれだし、長いこと麻袋《あさぶくろ》をかぶせられていたから、たぶん髪も乱れてぼさぼさだ。一晩中起きていた上、顔も洗っていない。ひどい顔をしているのは間違いなかった。

家族に笑われるのは我慢できる。だが、こんな姿をドナティアン・シャルルに見られるくらいなら、死んだほうがましだ。

どこかに、きれいな水はないかしら？　せめて顔を洗って、髪をなおして——

あたふたしていると、頭上を旋回《せんかい》していたカラスが彼女を見つけて、ギャアと鳴いた。

アドリエンヌは飛び上がり、思わずその場から逃げ出した。だが、カラスは追いかけてきた。彼女はとっさにポケットから小石をとりだし、一か八か願った。

「水晶さん！　わたしをドナティアン・シャルルから隠して！　お願い！」

すると、キラキラと光が舞い、アドリエンヌの姿はかき消えた。そして、草むらに、ぽとりと小石が落ちた。

7

カラスの大群にとりおさえられたジョリィは、さっそく王子と家族の前にひきだされ、空中で逆さ吊《づ》りにされた。

「くそっ！　殺せ！　ぼくは悪には屈しないぞ！」

ジョリィは勇敢《ゆうかん》に叫び、必死で暴れた。しかし、王子の魔法からは逃れられないとわかると、だんだんやけくそになってきた。

「ちくしょう、ぼくのせいなんだ！　ぼくのせいで、アディがこんな男にたぶらかされてしまった！」

「下郎《げろう》、思い上がるな」

ドナティアン・シャルルは、不愉快《ふゆかい》そうに言った。

「アドリエンヌはもはや、そなたのことなどなんとも思ってはおらぬ」

「嘘《うそ》だ！　アディは、あなたに利用されようとしているのを知らないだけだ！」

「利用？」

王子は聞きとがめた。

「わたしがアドリエンヌを、なにに利用するというのだ」

ジョリィは一瞬、言葉につまった。

「よ、よくわからないけど、悪魔の生贄《いけにえ》かなんかにするつもりなんだろ！　あなたみたいな人が、アディを本気で好きになるはずがない！」

王子は冷ややかな笑みを浮かべた。

「ほう。よほど確信があるようだが、なぜ、そう言える？」

「そんなの決まってる！　あなたならほかにいくらでも美人を選べるのに、わざわざアディみたいな平凡《へいぼん》な娘を気に入るはずがないからだ！」

「しょせん、そなたのような愚《おろ》か者《もの》にはわかるまいな」

王子はさげすむように言い、あらためて詰問《きつもん》した。

「アドリエンヌをどこに連れ去った？　申せ」

「言うもんか！」

「そなたには、少々懲《こ》らしめが必要のようだ」

王子が指を鳴らそうとすると、

「待って！」

心配そうに見守っていた家族の中から、弟たちが飛び出してきた。

「ジョリィにひどいことしないでよ！」

「わたしは無駄《むだ》な血を流すのは好まぬ。ただ懲《こ》らしめるだけだ」

だが、三人は納得しかねるという顔だ。恐る恐る、マックスが言う。

「でも……痛いんでしょ？」

「そなたらの姉を見つけるためだ」

「ぼくらにまかせてくれたら、もっといい方法を知ってるよ！」

リュックが言い、急いで王子に駆けよった。

「ジョリィの弱点はね……」

爪先《つまさき》立って王子の耳に口をよせ、ごにょごにょと何事かささやく。王子はさほど心を動かされなかったが、まずは彼らにまかせてみることにした。

「まあ、よかろう。やってみるがよい」

「うん！　マックスとルイもやろう」

「よしきた」

弟たちは一斉にジョリィに飛びかかり、みんなで体中をくすぐりはじめた。ジョリィはたまりかねて身をよじり、悲鳴をあげた。

「やめろっ！　ひゃはっ！　やめろ、くす、くすぐったい！　ふひっ――おまえら！　おまえらまで悪魔の手先、手さ、ひゃ、ひゃきになっら――うひゃわあああああっ！」

ジョリィのもだえようを見て、王子は感心したようにうなずいた。

「なるほど。なかなかに斬新《ざんしん》だ」

「ふひょっ——ひゃっ！　ひゃめ、ひゃめろおおおおおおおおおっ！」

ひとしきりくすぐらせたあと、王子はふたたび言った。

「では、今一度たずねる。アドリエンヌをどこに連れ去った？」

しかし、

「ひらっ、ひらにゃいっ！　ひゃっはははっ！」

ジョリィは大笑いしながら、なおも突っぱねる。王子は気分を害して、顔をしかめた。

「……斬新ではあるが、不快だ」

そのとき、森のどこかでふたたびカラスたちが騒ぎだした。王子は、ふりかえって空を仰《あお》いだ。

「こたえるまで継続するがよい。笑い死にしてもかまわぬ」

王子は弟たちに命じ、ゲルガランをそばに呼んだ。

「カラスどもになにかあったようだ。そなた、様子を見てまいれ」

ゲルガランは了解し、空に飛び立った。

しばらくすると、森の騒ぎはやんだ。そして、ゲルガランがもどってきて告げた。

——彼らは光る石を奪い合っていたのです。

「光る石？　それだけか」

王子は、当てがはずれた。カラスが光るものに反応を示すのは本能で、さほどめずらしいことではない。

だが、ゲルガランはさらに言った。

——魔力を秘めているように見えます。あなたの水盤と同様に。

それを聞いて、ドナティアン・シャルルは興味をひかれた。

「その石をこれへ」

ゲルガランが小石をさしだすと、王子はそれを手の中で転がした。

カラスたちがなにを見たにしろ、もう光ってはいなかった。なんの変哲《へんてつ》もない、ただの小石に見える。だが、王子にはわかった。それは希少な水晶の欠片《かけら》だった。

「箱庭水晶《ガーデンクリスタル》か……なるほど、確かに魔力が宿っている」

王子は弟たちのくすぐり拷問《ごうもん》をやめさせ、ジョリィに言った。

「そなた、アドリエンヌをこの水晶に隠したな」

ジョリィは、笑いすぎで息も絶え絶えになっていた。しかし、水晶には見覚えがあったのか、一瞬、ギクリと顔が強張《こわば》ったのを、王子は見逃さなかった。

「やはりそうか。無駄なことを」

王子は鼻で笑い、水晶にむかって命じた。

「水晶よ、そなたの隠したものをさしだすがよい」

するど、水晶の欠片は王子の手の中でキラキラと輝きはじめた。

見ていた誰もが、そろって息をのんだ。王子も勝ち誇るような笑みを浮かべたが、しかし、光はすぐに消えうせ、またもとの小石にもどってしまった。

王子はムッとした。今度はいっそうの力をこめて言う。

「ドナティアン・シャルルの名において命じる。水晶よ、そなたの庇護《ひご》せし女を返すのだ」

だが、今度は輝きすら放たなかった。まったく反応しない。

「どういうこと？　アディ姉さん、そこにはいないの？」

リュックが不安そうに言った。

「いや、確かにここにいる」

王子は指先を水晶にあて、目をつぶって念じた。今度は、アドリエンヌにむかって呼びかける。

——来よ、アドリエンヌ。わたしのもとにもどって来い。

すると、

——いやっ！

アドリエンヌの声が聞こえた。

「……なに？」

――いや。帰りたくないの……

今度こそ、ドナティアン・シャルルは本気で腹を立てた。

「なんという、けしからぬ女だ！　またもやわたしに逆らうか？　出ろ！」

しかし、アドリエンヌはその言葉を無視し、もはや返事もよこさなかった。

王子は低くうなり、かろうじて癇癪《かんしゃく》をのみこんだ。

「……理由はよくわからぬが、あの馬鹿者はへそを曲げておるようだ」

王子は苦々しい顔つきで、家族全員に説明した。

「えっ？」

「アドリエンヌ自身が水晶に力を与えている。思いがけないことだが、彼女は感応力が強いらしい」

すると、それまで隅のほうで遠慮《えんりょ》していたアガートが、ギョームと一緒《いっしょ》に前にすすみでた。

「あの、それってどういうことなんでしょう？」

「つまり、本人が帰りたくないと言っている」

「まあ、そんな――」

「どうして？　ぼくらが姉さんの言うことききかないから？」

マックスが言うと、双子《ふたご》はべそをかいた。

「姉さん、ぼくのキャンディあげるから、出てきてよ！」

「ぼく、もうイタズラやめるよう！」

ドナティアン・シャルルは、ふんと鼻を鳴らした。

「あの頑固者《がんこもの》が耳を貸すものか」

「だったら、どうすればいいの？」

と、マックス。

「わからぬ」

「でも、王子は国でいちばん力の強い魔術師なんでしょう？」

「力で水晶の結界を破るのはわけないことだ。しかし、アドリエンヌが最後まで意地を張りつづければ、壊してしまう恐れがある」

「そしたら、どうなるの？」

「わからぬ。そのようなことは試みたことがないのでな」

「水晶が壊れたら、アディ姉さん、死んじゃうよ！」

リュックが涙声で叫んだ。

「あるいは、そうなるかもしれぬ」

「アディ姉さん、もうぼくらのところに帰ってこないの？」

ルイが鼻をすすりながら言う。

王子は顔をしかめた。

「まさか。そのような勝手は許さぬ」

アドリエンヌの行動は、家族全員を当惑させた。ファニーや弟たちならいざ知らず、アドリエンヌが身勝手なふるまいをしたことなど、これまで一度もなかったからだ。だが、さしあたって娘の身に危険はないとわかると、ひとまず両親は落ち着き、魔法のことは王子の手にゆだねることにした。

ドナティアン・シャルルは家族とともにひとまず宿にもどり、一人になって考えた。

「……しかし、わからぬ。なぜ、アドリエンヌがわたしから隠れようとするのか」

つぶやいたとき、背後から声がした。

「もしかすると、ジョリィの言葉をまにうけちゃったかもね。あの二人、ほんと似たもの同士だから」

いつの間にか、ファニーが部屋の戸口に立っていた。食事の盆《ぼん》を運んできたのだ。水晶に気をとられて忘れていたが、もう昼を過ぎているのに、今日はまだなにも口にしていなかった。

「どういう意味だ？」

眉《まゆ》をひそめて訊ねると、ファニーはテーブルの上に盆を置きながら言った。

「ジョリィが言ってたでしょ？　あなたが姉さんを好きになるはずがないって。姉さん自身もそれを信じたかもしれないってこと」

王子は、手の中の水晶を見つめながら、しばし考えこんだ。すると、ファニーは奇妙な微笑を浮かべた。

「それで？　王子様、あなたは本当に姉さんを愛しているの？」

一人になった後も、ドナティアン・シャルルはファニーの言葉を思いかえしていた。

――あなたは本当に姉さんを愛しているの？

ドナティアン・シャルルは、こたえなかった。ファニーも、それをもとめずに立ち去った。

愛する。わたしはアドリエンヌを愛しているのか？

彼はあらためて自問した。だが、わからなかった。

興味深い娘だと思い、手に入れたいとも思った。反発されると不愉快《ふゆかい》にもなるが、だからこそ面白いともいえる。今まで、アドリエンヌのように面とむかって彼を非難した者などいなかったからだ。彼女は真っ直ぐで正義感が強く、驚くほど私欲にとぼしい。この世で最も信頼できる人間であるのは間違いない。そして、彼女が自分を信頼していないと思うと、ひどく腹立たしい気持ちになった。

だが、たかが女一人の心の中がなんだというのだ？　なぜ、そんなことを気にする？

――愛とはなんだ？

ドナティアン・シャルルはかつて、そうアドリエンヌに問いかけたことがある。

彼女は、いたって無邪気《むじやき》にそれを信じていた。欠片《かけら》ほどの疑いもなく。

愛か。わたしはそのようなものは知らぬ。これまで一度も学ばなかった。そなたが教えてくれるはずだったのだ。

そう思うと、また腹が立ってきた。アドリエンヌは約束を反故《ほご》にしようとしている。わたしへの義務を果たさず、またしても逃げようとするとは。

なんとしても連れもどしてやる、とドナティアン・シャルルは思った。そして今度こそ、わたしに逆らうことの愚《ぐ》を思い知らせてやらねばなるまい。

8

「……聞こえなくなったわ」

ドナティアン・シャルルの呼びかけがやんだので、アドリエンヌはホッとした。姿はどこにも見えないのに、なぜか彼の思念が迫ってくるのがわかって、さっきはひどく驚いた。あわてた挙句《あげく》、つい感情的に反応してしまったのだが——その声が彼に届いたのだろうか？　無理やりに呼びもどそうとする意思を、今は感じない。あたりには静寂がもどっていた。

「それにしても……ここはどこかしら？」

アドリエンヌは、見たこともない美しい庭園に立っていた。常緑に輝く芝《しば》と、色鮮やかな花々に縁取られた小道。その先には光の射し込む木立が見え、澄んだ青空のもとでひばりがさえずっている。まるで春のような光景だ。

しばらく木立の中を歩いていくと、やがて見えない壁に突き当たった。硬くて透明ななにかが庭園のまわりを囲んでいて、それ以上は先に進めないのだった。

この不可思議な世界に閉じこめられたのだと気づくのに、それほど時間はいらなかった。だが、具体的になにが起きてそうなったのかはわからない。覚えているのは、ドナティアン・シャルルから隠れたいと願ったこと……

あのときはただ、汚れてみじめな自分を見られたくない一心だった。だが、その後、ぐずぐず考えこんでいると、もどる決心がつかなくなってしまった。

怖かったのだ。

王子に自分は似合わないと、また思い知らされるのが怖かった。そのことに、いつか彼自身が気づくのが怖かった。

意気地《いくじ》がないのは自分でもわかっている。だが、どうしようもない。ジョリィとのことがトラウマになって、また同じことがくりかえされるのが怖いのだ。

ため息をついたとき、背後で声がした。

——へえ、お客か。久しぶりだね。

アドリエンヌは、ギョッとしてふりかえった。

「誰っ？」

すると、目の前に男の子が立っていた。アドリエンヌは、ますます驚いた。いつの間に？今の今まで、ここには誰もいなかったし、人が近づく気配も感じなかったのに。

その男の子は、双子《ふたご》の弟たちと同じくらいの年ごろに見えた。きらきら光るお日様のような金髪と、真夏の青空そのままの瞳をしている。彼は興味津々《しんしん》という表情で、アドリエンヌの顔をのぞきこんできた。

「泣いてたのか」

アドリエンヌは、あわてて涙の跡をこすった。

「ちっ、ちがうわ。さっき、泉で顔を洗ったのよ」

だから濡れているのだと言おうとしたが、男の子はさらに指摘した。

「目が真っ赤《まか》だ」

う……。

「……寝不足なの」

ごまかしてもムダだと悟り、話をそらすことにした。

「わたし、アドリエンヌよ。あなたは？」

男の子は肩をすくめた。

「名前なんて、そんなもの。ぼくはぼくさ」

「でも――」

「もっとも、魔女のばあさんは、ぼくを水晶の精と呼んでたけどね」

「水晶の精ですって!?」

アドリエンヌは目を丸くした。

「まあ。本当に？　男の子にしか見えないわ」

「きみの心を読んで、きみが受け入れやすい姿になっただけ。ぼくはどんな姿ももたない。だから、なんにだってなれるのさ」

男の子が片目をつぶると、その姿はみるみる薄れ、煙のように輪郭《りんかく》が曖昧《あいまい》になった。そして、いつの間にかそこには、輝くような白い毛並みの一角獣が立っていた。

アドリエンヌは仰天《ぎょうてん》して腰をぬかしそうになった。王子と暮らしたおかげで魔法には慣れつつあったが、目の前で人が変身したのを見たのは初めてだった。

「それで？　きみはどうしてここに来たんだ？」

彼は一角獣の姿のまま言った。

「来たっていうか……隠れたいって願ったら、いつの間にかここにいたのよ」

「隠れるって、誰から？」

アドリエンヌはこたえるのを躊躇《ちゅうちょ》した。だが、水晶の精は、なにもかもお見通しだというように目をきらめかせた。

「わかってるよ。彼だろ？　さっきから声が聞こえてる」

「え？」

耳を澄ますと、ふたたび遠くからドナティアン・シャルルの声が聞こえてきた。

――アドリエンヌ！

だが、今度は呼びかけだけではなかった。不気味な地鳴りが近づいてきたかと思うと、足もとが激しく揺れだした。アドリエンヌは悲鳴をあげ、立っていられなくなって草の上に身を伏せた。

　水晶の精は居心地《いごこち》が悪そうにぴょんと飛び跳ねると、一瞬にして、また男の子の姿にもどった。呆《あき》れたような声で言う。

「なんとまあ、荒っぽい……」

「……い、今のはなに？」

　アドリエンヌはガタガタ震えながら言った。

「きみを呼ぶ男は、よほどの魔力をもっているんだね。力ずくできみを連れもどそうとしているらし――」

　言い終わらぬうちに、また地面が揺れだした。今度の地震はもっとひどい。木々が左右にゆさゆさと揺れ、木の葉をあたりに撒《ま》き散らした。

　アドリエンヌは小さくなってうずくまり、水晶の精にむかって叫んだ。

「どうにかできないの!?」

「ほっとけばいい。いくら力があっても、どうにもできないさ」

　すると、またドナティアン・シャルルの声が聞こえた。

　――アドリエンヌ、もどって来い！　わがままは許さぬぞ！

　空いっぱいに響き渡るような声だ。こんな状況なのに、水晶の精は愉快《ゆかい》そうに笑った。

「ははは。怒ってるね。彼はどうしてきみを欲しがってるんだ？」

「……さあ。自尊心の問題じゃないかしら」

そして、少し考えてから付け加えた。

「断られるのに慣れてないのよ、きっと」

「ふうん……」

水晶の精も考えこんだ。

「で、きみは？」

「え？」

「どうして帰りたくないんだ？　それも自尊心の問題かい？」

アドリエンヌは虚をつかれ、水晶の精を見返した。

「どうして、そんなこと言うの？」

だが、返事は聞こえなかった。ゴオオオオオッという轟音《ごうおん》にかき消されたせいだ。ほどなくして今度は、すさまじい突風が襲いかかってきた。

「きゃあっ！」

アドリエンヌは吹き飛ばされて草の上を転がり、今度は必死で近くの木にしがみついた。

「本当に荒っぽいなあ」

水晶の精は、のんびりした口調で言った。どういうわけか、彼は地震にも強風にもたいして影響されていなかった。髪や服は風になびいても、彼自身は平然と立ったまま、よろめきもしない。

「お願い、風を止めて！」

「とめられるのはきみだけだ」

「なんですって？」

「きみが彼をきっぱり拒絶してしまえば、嵐なんてすぐにおさまる」

「いやって言ったわ！」

「口じゃなくて、心がだよ。きみの心が揺らいでいるから、守りの力が弱くなってしまうんだ」

アドリエンヌは、たじろいだ。

「……わたしのせいだっていうの？」

「その通り。心で拒絶するのさ。そうすれば、彼に手出しはできない」

そのとき、目の前ですさまじい竜巻が起こった。アドリエンヌは恐怖に凍りついた。

「やめてっ！　ドナティアン・シャルル！」

すると、竜巻は小さくなって消えた。そして、唐突《とうとつ》に平穏がもどってきた。

「……おさまったわ」

アドリエンヌはホッとしたが、まだ油断はできなかった。木にしがみついたまま言う。

「わ、わたしが拒絶したから？」

「そうじゃないよ。やりすぎるときみを壊してしまうって、気づいたんじゃない？」

やけに気楽そうに、水晶の精は言った。

「小休止ってことかな。きっとまた、ちがう手を考えてくるさ」

「わたしはただ……一人になって、考えたかっただけなのに」

小さな声でこぼすと、水晶の精がそれを聞いて言った。

「考えるって、なにを？　どうすれば傷つかずにすむか、かい？」

アドリエンヌは、びっくりして顔をあげた。

「わたしの心が読めるの？」

「多少はね。だけど、恥ずかしがることなんかないさ。人はみんな同じことで悩んでる。何千年も付き合ってきたけど、きみたち人間の思考パターンときたら、呆《あき》れるほど変わらないんだから」

何千年ですって!?　アドリエンヌは驚いた。子供に見えるけど、彼はものすごく長い時を生きてるんだわ。

「そう。わたしみたいな悩みをかかえた人に、会ったことある？」

「そりゃもう、数限りなくね」

「その人たちは、どうやって乗り越えたの？」

「たいていはみんな、自分の中に答えをもってる。きみもそうだ」

「そうかしら」

アドリエンヌは不満そうな顔をした。

「わたしにはわからないわ」

「問題を解決するのはかんたんさ。彼を愛するか拒絶すればいい」

アドリエンヌは、がっかりしてしまった。何千年も生きてるくせに、水晶の精の知恵がこの程度のものだなんて。

「わたし……もう彼を愛してると思うわ」

だからこそ、こんなにも苦しいのだ。彼を想っていなければ、そもそも悩んだりはしない。

「でも、自分のことはもっと愛してる。そうだろ？　まあ、たいていの人間がそうだけど」

「そんなことないわ」

「いいや、そうさ」

水晶の精は訳知り顔で言った。

「彼といると、きみは自尊心を傷つけられる。だから、自分を守るために彼から逃げようとしてるんだ。きみが大好きなのは自分自身なのさ」

アドリエンヌは思わずカッとなった。

「やっぱり、あなたにはわからないのよ！　わたしの気持ちなんて！」

「たしかに」

彼はあっさりとそれを認めた。

「ぼくにわかるのは、人間が矛盾《むじゅん》だらけの生き物だってことだけだ」

そして、なにかに反応して、ピクッと顔をあげた。

「そら、またきた。今度は強力だ」

頭上でゴロゴロと音がして、それまで晴れていた空が急にかき曇ってきた。やがて灰色の雲が完全に光をさえぎると、あたりは夜のように暗くなった。とたん、まばゆい閃光《せんこう》が空を切り裂いた。稲妻《いなずま》だ！　アドリエンヌは、とっさに耳をふさいだ。次の瞬間、すぐそばの木に雷が直撃し、メリメリと二つに裂けた。

アドリエンヌの顔から血の気《け》がひいた。また空が光る。彼女はあわてて木立から逃げ出した。

いつの間にか、激しい雨が降りだしていた。視界が遮断《しゃだん》され、アドリエンヌは水晶の精の姿を見失った。ずぶ濡れになりながら逃げ惑い、必死で呼びかける。

「水晶の精さん！　どこに行ったの!?」

すさまじい音がして、また雷が落ちた。彼女は悲鳴をあげ、その場にうずくまった。

すると、姿は見えないのに、なぜか耳もとで声がした。

「きみが決めるんだよ。彼を愛するか拒絶するか」

「ひどいわ、そんなの！」

アドリエンヌは、泣きじゃくりながら叫んだ。

「だって――だって、わたしには選べないじゃない！　ドナティアン・シャルルが好きなんだもの！」

するど、声はやさしくなった。

「彼がきみを愛さなくても？」

アドリエンヌは嗚咽《おえつ》をもらした。

ドナティアン・シャルルが愛してくれなかったら、わたしは彼を愛さないの？　いいえ、ちがう。彼がどんなにわたしを傷つけても、それでも……

「……それでも、わたしはドナティアン・シャルルが好きなの……好きなのよ」

「よろしい。それが答えだ」

とたん、泡《あわ》がはじけるように、ぱあん！　と結界《けっかい》が割れ、アドリエンヌはどこかに弾《はじ》き飛ばされた。そして、どさっと尻もちをついたのは、見覚えのある青い絨毯《じゅうたん》の上だった。反射的に顔をあげると、ドナティアン・シャルルが憤怒《ふんぬ》の形相《ぎょうそう》で立っていた。

十七年間生きてきて、アドリエンヌは自分がお説教される側にまわったことなど、数えるほどしかない。しかも、そのとぼしい経験のほとんどは、十歳までの記憶だ。彼女はいつだって妹や弟たちを指導する立場に置かれ、その役目を果たしてきたという自負がある。だから、ドナティアン・シャルルの部屋で椅子《いす》にすわらせられ、今にも始まるであろうお説教を小さくなって待っている自分が、信じられなかった。

だが、たしかにこれは現実だ。王子は目の前に立ち、アドリエンヌを見下ろしていた。今にも怒鳴《どな》りだしたいのを、ぐっとこらえているような表情だ。

「さて、説明してもらおうか」

王子は押し殺した声で言った。

「なぜ、わたしから隠れようとした?」

「隠れるなんて……」

アドリエンヌはしょんぼりと肩を落とし、言葉をにごした。

「わたしは、ただ……」

「ただ？」

王子は容赦《ようしゃ》なくつづきを促した。納得のいく返答をひきだすまで、解放してくれるつもりはないらしい。

「ただ……一人になって、ちょっと考えてみたかっただけよ」

「考える？　なにをだ」

「いろんなこと。それ以上は、言いたくない」

それきり口をつぐむと、王子は歯を食いしばった。しばしの沈黙のあと、彼は皮肉な口調で言った。

「そなたを連れ去った大馬鹿者は、なにやら面白いたわ言を口にしていたぞ。わたしがそなたを望むのは、悪魔の生贄《いけにえ》にするためだとな。よもやそなたまで、そんな馬鹿げた話を信じたわけではあるまいな」

「まさか。そんなことないけど……でも……」

「でも？」

アドリエンヌは、蚊《か》の鳴くような声になった。

「ジョリィがそう思うのは、無理もないことだし……」

王子はとうとう、痺《しび》れを切らして声を張り上げた。

「そなたの言うことはわからぬ。はっきり言わぬか！」

アドリエンヌはビクッと身を縮め、とうとう自棄《やけ》になって叫んだ。

「あ、あなたがわたしを望むのは、ただたんに、ものめずしいからだってことよ！」

意外にも、ドナティアン・シャルルは黙りこんだ。アドリエンヌは上目遣いで王子の顔をうかがった。どうやら彼は、アドリエンヌの言葉を反芻《はんすう》しているようだ。

「……たしかに、そなたはめずらしい女だ」

王子はうなずき、堂々とそれを認めた。

アドリエンヌの心は重く沈んだ。

「でも、本当は、そんなことない。わたしみたいな女の子は、このへんじゃ他にいくらでもいるもの。それがわかったら、きっとあなたは、わたしになんか興味をなくすに決まってる」

すると、ドナティアン・シャルルは冷ややかな笑みを浮かべた。

「ほう。つまりこういうことか？　そなたはわたしを見くびっているのだな？　女の本質も見ぬけぬ愚《おろ》か者《もの》だと言いたいわけだ」

アドリエンヌは泣きたくなった。

「だって！　どうしてわたしなの？　水盤が選んだっていう以外に、理由がある？」

「そなたはそのままで十分、価値がある」

王子は、いつかアドリエンヌに言った言葉を、もう一度口にした。

「わたしの言葉が信じられぬのか？」

アドリエンヌはうなだれたまま返事をしない。王子はいらだたしげにため息をついた。

「まったく、そなたは。良くも悪くも強情だ。では、どうすれば信じられる？」

アドリエンヌは、とうとう涙声になって言った。

「無理よ。だって、わた、わたし、ちっともきれいじゃないし――」

ドナティアン・シャルルは、ぱちりと指を鳴らした。すると、ぼぼん！と爆発するような音がして、極彩色《ごくさいしき》の派手な煙があがった。アドリエンヌは悲鳴をあげた。うっかり煙を吸いこみ、ゴホゴホと咳《せ》きこむ。

「見るがいい」

王子はアドリエンヌの腕をつかんで立たせ、大きな鏡の前に押しやった。

アドリエンヌはハッとした。鏡に映っていたのは、金色の巻き毛に大きな青い瞳をした、愛くるしい娘の姿だった。高価そうな美しいドレスを着て、けげんそうにこちらを見つめている。次の瞬間、それは自分自身だと気づいた。王子が変身の魔法をかけたのだ。

と、王子はまた指を鳴らした。ふたたび、ぼぼん！と煙があがる。

アドリエンヌは、妖艶《ようえん》な黒髪の踊り子へと変化していた。

王子は指を鳴らした。ぼぼん！また鳴らす。ぼぼん！王子が魔法をかけるたびに、アドリエンヌの姿はめまぐるしく変化した。気品のある銀髪の貴婦人、妖精のように可憐《かれん》な亜麻《あま》色の髪の少女、肉感的な赤毛の熟女――彼女は目がまわりそうになって叫んだ。

「やめて！　やめて、ドナティア――」

王子はアドリエンヌの両肩をつかみ、乱暴に揺さぶった。

「よいか？　外見など、わたしにはどうとでもできるのだ！　変えられぬのは心だけ――そ、な、た、の心だけだ！」

もどかしげに言い聞かせる。

「だから価値がある。そなたは決して意志を曲げぬ。どんな誘惑も通用せぬ。ときにはわたしに逆らい、説教までしてのける女だ。恐れ知らずにもな。そんな女が、ほかにどこにいる？」

アドリエンヌはあえぎ、首を左右にふった。頭が真っ白になり、心臓がドキドキして、なにも考えられない。

「どうすれば信じられる？　言え！」

ドナティアン・シャルルは彼女をひきよせ、唇を重ねた。彼女は抵抗しようとしたが、王子は許さなかった。キスはどんどん大胆《だいたん》になっていく。

アドリエンヌはうろたえた。ここがどこであるかを忘れたわけではなかったからだ。

「あの、あの、ドナティアン・シャルル――やめて――だ、だれか来たら――」

「かまわぬ」

「そんな――恥ずかしいわ、やめてったら！」

「そなたが信じるまでやめぬ」

「わ、わかったわ！　信じるから――」

「嘘《うそ》をつくな」

「嘘なんかじゃないわ。信じてる。本当よ」

早口で言うと、王子はやっと顔をあげて、彼女の瞳をのぞきこんだ。

「本当だな？　もう、たわけた世迷《よま》い言《ごと》は口にせぬと誓うか？」

「あなたにとっては世迷い言かもしれないけど、わたしにとっては――むむむ」

王子はまたアドリエンヌにおおいかぶさった。


「………すげー」

戸口の隙間《すきま》から中をのぞいていたマックスは、目を丸くしてつぶやいた。

いつの間にか、弟妹全員がアドリエンヌを心配して集まり、扉の前に張りついていた。入るタイミングを見計らっていたら、ますます声をかけられない状況になってしまったのだ。

「チビどもは見ちゃだめ」

ファニーは、リュックとルイの目を手でおおった。

「ファニー。オレ、やっぱり思うんだけどさ」

マックスは、なお食い入るように二人を見つめながら言った。

「王子って絶対、趣味が変だよ」

するると、目隠しをされたままのリュックがこたえた。

「そうかな。ぼくは王子って、けっこうわかってると思うな」

ファニーは、ふんと鼻を鳴らした。

「生意気言っちゃって」


二日後、アドリエンヌはふたたびドナティアン・シャルルの城にもどるべく、家族に別れを告げた。アガートは娘を抱擁《ほうよう》し、名残惜《なごりお》しそうに微笑《ほほえ》んだ。

「さびしくなるけど、仕方がないわ。王子は、本当にあなたを大切にしてくださるおつもりらしいし……」

「おまえが幸せになれるなら、どこで暮らそうとかまわんさ」

ギヨームは、逆にさばさばした口調だった。

「それより、ぐずぐず返事をひきのばして、あんまり王子をお待たせするんじゃないぞ。わしだって、早く孫の顔が見たいんだ」

アドリエンヌは赤くなり、咎《とが》めるように顔をしかめた。

「もう。父さんたら」

王子とならんで外に出ると、村人たちが集まり、遠巻きに二人の様子をうかがっていた。もはや手出しをする勇気も意志もないものの、それでも警戒は怠《おこた》れないといった微妙な緊張感がただよっている。

アドリエンヌが無事にもどってきた後、両親はいちいち村人たちの家を訪ね、王子に害意はないのだと説得にまわってくれた。王子は村人たちを殺そうと思えばできたはずなのに、実際には眠らせるだけですませてくれたこと、ジョリィも無傷でもどしてくれたことが、そのなによりの証《あかし》だった。彼らはしぶしぶ納得してくれたが、しかし、王子を恐ろしく思う気持ちはなかなか克服《こくふく》できないらしい。

アドリエンヌは、そんな村人たちの中にジョリィの姿を見つけた。なんだか、毒気をぬかれたような顔で、ぼーっとしている。お別れに微笑《ほほえ》むべきだろうか、それとも手をふってみるべき？　しばし思案していると、王子が彼女の視線に気づいて、不愉快《ふゆかい》そうな表情を浮かべた。

「そなたは、まだあの下郎《げろう》に未練があるのか？」

アドリエンヌは、びっくりして否定した。

「ないわよ！」

「ならば、なぜそのように見つめる？」

「だって……なんだか、悪いことしちゃったような気がするんだもの。彼は彼なりに、わたしを心配してくれたわけだし」

「そんなの、気にすることないわ」

二人の後ろから、ファニーが気楽そうに言った。

「年をとったとき、孫に誇れる武勇伝《ぶゆうでん》ができたんだもの。ジョリィにしては上出来よ」

「ファニーったら。あ、そうだ」

アドリエンヌは、言い残しておくべき注意事項をいくつか思い出した。

「忘れてたけど、お鍋《なべ》はいつもちゃんと洗って手入れしておくのよ。それからフライパ――」

ファニーは、うるさそうに片手をふった。

「わかってる、わかってるって。なにもそんなこと姉さんが気にしなくったって、これから自分のことでいくらでも考えることがあるでしょ」

「大丈夫《だいじょうぶ》だよ。ぼくら、姉さんがいなくてもちゃんとやるから」

マックスが、胸を張って請け合った。

「ねえ、いつかお城に遊びに行ってもいい？」

リュックが期待に目を輝かせると、

「いいでしょ？　もう魔術師になるなんて言わないから」

ルイも熱心にねだった。

「ええ。王子がいいって言ってくれたらね」

アドリエンヌはこたえ、隣のドナティアン・シャルルを見た。彼はうなずいた。

「まあ、よかろう」

「やった！」

双子《ふたご》は歓声をあげて飛び跳ねた。そして、うれしそうにマックスが言った。

「ぼくらみんな、王子の家来になるって決めたんだ」

にっこり微笑《ほほえ》んでいたアドリエンヌの顔が、一瞬にして強張《こわば》った。

「いけませ――――んっっっ!!」

エピローグ

城にもどった夜、アドリエンヌは数日ぶりにドナティアン・シャルルと二人きりで過ごした。晩餐《ばんさん》のテーブルには、いつものように豪華な料理がならべられ、食欲をそそる匂《にお》いをただよわせている。周囲には影の召使たちが控えて、給仕や、こまごまとした用を言いつけられるのを待っていた。

面倒な家事といたずら坊主《ぼうず》どもの監督《かんとく》役から解放されたのだから、ホッとしてもいいところだ。しかし、実際には物足りなさを感じた。大家族で育ったアドリエンヌにとって、二人きりの食卓はなんだかさびしすぎた。このお城だって、王子と自分だけで住むには広すぎる。

一瞬、ここに王子の子供たちがいたら、どんなににぎやかだろうかと考えた。もっとも、それがもともとの彼の望みだったのだ。優秀な跡継ぎを得ること、ただそれだけだが。以前は、そんな彼を身勝手で冷たい人間だと思い、激しく反発した。だが、今は……せつないほどの憧《あこが》れが胸をよぎった。

「どうした？　なにを考えこんでいる」

王子の声に、アドリエンヌはハッと顔をあげた。

「いいえ、なんでもないわ」

だが、王子は食事の手を止めて、まだアドリエンヌを見つめている。

「どうしたの？」

「そなたに贈り物がある」

アドリエンヌは眉《まゆ》をひそめた。

「ドレスも宝石もいらないわ」

「そうではない」

ドナティアン・シャルルは、ぱちんと指を鳴らした。すると、影の一人がなにかを捧げもって入ってきた。

アドリエンヌは、ぱちくりと目をしばたたいた。青いビロードの上にのせて恭《うやうや》しくさしだされたのは、新品のフライパンだった。そう、どう見てもやはりフライパンだ。

「ドナティアン・シャルル。これ……」

当惑して王子を見たが、彼の態度は真面目そのものだった。冗談のつもりではないらしい。

「気に入らぬか？　そなたはこれを欲しがっていたと、確かな情報源から聞きだしたつもりだが」

確かな情報源？　それって——

思わずぷっとふきだすと、ドナティアン・シャルルは片眉を吊り上げた。

「なにがおかしい？」

「い、いいえ、なんでも」

言ったあとから、くすくす笑いがもれる。

まったくもう！　ファニーったら、どういうつもりかしら？　王子をからかうなんて、あの娘でなきゃ思いつかないわ。

「ありがとう。とってもうれしいわ」

ドナティアン・シャルルは、疑わしげな眼差《まなざ》しをむけてきた。

「本当に本当よ。こんなに役に立つものはないんですもの。ドレスより何倍も素敵」

王子はまだ半信半疑の体《てい》だったが、アドリエンヌが微笑《ほほえ》みをむけると、一応は満足してうなずいた。

「ならばよい。で、それはいったいなんなのだ？」

アドリエンヌは、また笑いだしそうになった。無理もないことだが、彼は厨房《ちゆうぼう》に入ったことがないのだ。

「お料理の道具よ。ねえ、わたし、これからときどき夕飯をつくってもいい？　だって、することがなくて退屈なんだもの。今はかんたんなものしかできないけど、影たちにちゃんとしたお料理を習うから」

すると、王子は好奇心に目をきらめかせた。

「ふむ。わたしはそなたの家で食した、貧しげな豚肉の薄切りを半《なか》ば炭化させたものが気に入った。あれもそれでつくったのか？」

アドリエンヌは妙な顔をした。貧しげ？

「……ベーコンのこと？　それって褒《ほ》めてるの？」

王子はかすかに微笑んだ。

「意外にも美味だったぞ」


アドリエンヌは城の厨房《ちゅうぼう》に下りていき、王子からもらった新品のフライパンをしかるべき位置におさめた。ファニーとちがって影たちは几帳面《きちょうめん》だから、掃除《そうじ》は行き届いているし、ほかの調理器具もみんなピカピカにみがいて手入れされている。彼女は満足してため息をついた。

いつか、ドナティアン・シャルルと彼の子供たちのために、ここで腕をふるえる日が来ればいいと思う。明るい笑い声を響かせながら、城中をちっちゃないたずらっ子たちが駆けまわっている光景を思い浮かべると、ついつい口もとがほころんだ。

そしてそれは、そんなに遠くない未来かもしれない。

あとがき

こんにちは、橘香《たちばな》いくのです。文庫でお目にかかるのは、たいへんお久しぶりになりました。みなさま、おかわりなく元気でお過ごしでしょうか。

えー、さて。今回のお話は、タチバナさん、初の魔法モノでございます。一話目は昨年の秋、Cobalt本誌に掲載していただいたものを加筆修正しました。二話目は書き下ろしです。

せっかく魔法がでてくるので、中世のおとぎばなし風にしちゃおうということで、手塚治虫《てづかおさむ》先生の『リボンの騎士』やディズニー版『眠れる森の美女』、グリム童話の『ヘンゼルとグレーテル』などなど、子供のころに大好きだったお話のイメージで書きました。

好きなんですよー。(今までにもあとがきで書いてますが)あの無骨《ぶこつ》で頑丈《がんじょう》そうなお城とか、中世ドイツあたりの田舎《いなか》の少年少女のかっこうとかが。永遠の憧《あこが》れでございます。

そして！　おとぎばなしにはカッコイイ王子様がつきものだし、主人公は働き者の娘さんに決まってます。って、べつにそこまで意識したわけじゃないんですが、気がつくと、やっぱりなぜかそういうことになってました。すりこみですよ、すりこみ。(笑)

今回、物語を絵にしてくださったのは、石川沙絵《いしかわさえ》さん。そこはかとない男の色気ただようドナティアン・シャルルが素敵です。うふふ。アドリエンヌもかわいいし。どうもありがとうございました。

それと、担当編集のSさんも、いろいろコーディネートに頑張っていただきまして、どうもありがとうございます。まだ若くてかわいいお嬢《じょう》さんなのに、タチバナなんぞよりよっぽどお姉さんぽく感じるのはなぜなんでしょうか。タチバナがお子様なだけ？（アドリエンヌとちがって、四人兄弟姉妹の末っ子なもので・汗）ちょこっと反省させられたりもしております。

というわけで、あいかわらず趣味に走ってるだけですが、傍迷惑《はためいわく》な傲慢《ごうまん》王子様とカチコチ石頭の娘さんのお話、みなさまにも楽しんでいただけると幸いです。ではでは、またお逢《あ》いできますように。

橘香いくの

〈公式ホームページ〉

http://www.saturn.dti.ne.jp/~ikuno/

※昨年、お引っ越ししました。一時的にコンテンツをひっこめてシンプル化しておりますが、そのうち復活させますので、ご意見ご感想などおよせいただけるとうれしいです。

※この作品はフィクションです。実在の人物・団体・事件などにはいっさい関係ありません。

たちばな・いくの

1967年11月4日、福岡県生まれ。蠍座。A型。福岡女子大学国文科卒。『洞の中の女神』で1994年度上期コバルト・ノベル大賞佳作入選。コバルト文庫に『ブローデル王国』シリーズ、『有閑探偵コラリーとフェリックス』シリーズ、『サンク・ヴェリテの恋人たち』シリーズ、『天空の瞳』シリーズなどがある。仕事（勉強）と称して小説や漫画をよみふけり、仕事と称して映画を観、仕事と称して海に潜り、仕事と称して旅に出て、仕事と称してインターネットをはじめたおかげで……気がつくとすっかり無趣味人間になっていた。

ブランデージの魔法の城

魔王子さまの嫁取りの話

COBALT-SERIES

2009年6月10日　第1刷発行

★定価はカバーに表示してあります

著　者　橘香いくの
発行者　太田富雄
発行所　株式会社 集英社
〒101－8050
東京都千代田区一ツ橋2－5－10
電話　東京　(3230) 6268（編集部）
(3230) 6393（販売部）
(3230) 6080（読者係）

印刷所　大日本印刷株式会社

ISBN978-4-08-601299-7　C0193

橋香いくの
イラスト／横馬場リョウ
コバルト文庫
好評発売中
身代わりの花嫁の、運命の恋がまわりはじめる──。
天空の瞳
ウォルドの婚礼と時の封印
エルスタッドの祝祭と裏切りの密約
ランスレーゲの陰謀と荊《いばら》の恋
コドランの恋歌